榛名丼
Illustration
白谷ゆう
売り飛ばされた
孤独な令嬢は、
怪物公爵に
愛されて
幸せになる

CHARACTERS
これが、かわいい……という感情なのか
なんて美しい方なのでしょうか
ギルバート・クラディウス
公爵家の若き当主
メロディ・オスティン
貧乏男爵家の一人娘

「ようやく役立つときが来て良かったね、メロディ」
エイミー
メロディの専属侍女
「あたし、旦那様に大きなご恩があるんです」
グレンダ・オスティン
メロディの母親
「団長は、奥様のことが、お好きなんですね？」
スウェン
風狼騎士団の副団長

後ろから伸びてきた大きな右手が、
私の右手ごと包み込むように
握ってくださいます。
「動かすぞ」
私はとてもじゃありませんが、
字の書き方を覚えるどころではありません。
だって――とく、とく、と高鳴っていく鼓動が、
すぐ後ろのあなたに聞こえてはいないでしょうか。

売り飛ばされた孤独な令嬢は、怪物公爵に愛されて幸せになる

榛名井

Illustration
白谷ゆう

uri tobasareta
kodoku na reijo ha,
kaibutsu kosyaku ni aisarete
shiawase ni naru

目次

プロローグ　うるさすぎる出逢い

『なんて——なんて美しい方なのでしょうか』

最初は、聞き間違いかと思ったのだ。

心からの感嘆の声と共に見上げられたとき、俺は戸惑わずにいられなかった。

ギルバート・クラディウス。怪物公爵と呼ばれる男を前にすれば、まず人々が抱くのは恐怖の念だ。それを俺は痛いほどよく分かっているのである。

もしくは今の言葉は、俺に向けられたものではないのかもしれない。俺の傍に立つ従者なんて、女にもてすぎて困るなどと以前ぼやいていたほどだ。

ぱっちりした大きな瞳をした小さな少女は、さらに続ける。

『艶めく短い銀髪に、紅の瞳。抜き身の刃に似た鋭い雰囲気をお持ちでありながら、彫刻のように端整な顔立ちをしてらっしゃいます』

……いや。俺だな。銀髪と赤い瞳なんて特徴を持つのは、この場で俺だけだ。

鈴が転がるような澄んだ声には淀みがなく、嘘を疑う余地がない。だから、ますます動揺せずにはいられない。

さっきからこの少女は、感激した口調で何を口走っている？

『お母様は確か、額に大きな瘤があって、鼻は潰れており、体毛が分厚く、豚にも蛙にも見える殿方こそ公爵様だとおっしゃっていましたが……』

誰だそれは。ああ、俺か。怪物公爵という恐ろしげな字面の影響か、市井であらゆる噂が流れているのは知っている。そこまでひどい話は今まで聞いたことがなかったが、少女の母親はよっぽど俺を嫌っているに違いな――。

『それはきっと、神々しい美貌に嫉妬を抱かれた方々が流した心ない噂なのでしょう』

なんだそれは。どれだけ好意的な解釈なんだ。

だが眉根を寄せる俺に向けて、少女はさらに信じられない言葉を続ける。

『背の高い公爵様が私を見下ろし、訝しげに目を細められています。その瞳の色は、そう、まるで――まるで、柘榴《ざくろ》の実のようにきれいで』

……きれい、だと？

呆気に取られて、俺は目の前の少女を見下ろす。

返り血を浴びて目が赤くなったんだろう、と揶揄されるのには慣れていた。自分でも時間が経つほど虹彩が赤みを増した気がして、あながち間違いではないのかもしれないと自嘲していたほどだ。

だから柘榴の実に喩えられることなど、生まれて初めてのことで。

そのとき俺は顔にこそ出さないものの、自覚がある程度には狼狽していた。

俺を置き去りにして、少女は喋り続ける。小さな唇は一度たりとも動いていないが、彼女が思っていること、感じていることを、俺はひとつ残らず聞いている。

『ああ、それにしても、驚いた顔もびっくりするくらい美麗で——』

そんなふうに喋り続ける、心の声に向かって。

黙れ——と唸るように発する、一秒前までの出来事だった。

第一章　馬小屋に住む私が、公爵様の花嫁ですか？

私の朝は、小さな馬小屋から始まります。

そう、正体が馬だから……ヒヒン。ということはなく人間ではありますが、住んでいるのが馬小屋なのです。

敷き藁の布団からむくりと身体を起こすと、私は春のうららかな日差しを浴びながら大きく伸びをします。

立ち上がって、身体についた藁や屑をぱっぱと払います。お天気がいいので、藁の上に敷いていたシーツを回収しました。今日はお洗濯に回しておきましょう。

敷き藁の布団はチクチクしていて寝心地がいいとは言いがたいですが、夏は暑く、冬は凍えるほど寒い馬小屋では重宝しています。

ちょくちょく鼠に齧られてボロボロになってきましたが、例年通りであれば余った藁を近くの牛舎からご厚意で分けてもらえそうです。もう少しの辛抱ですね。

「メロディ！　メロディ！」

「！」

そこに穏やかな朝の始まりを切り裂くような、がなり声が響きます。馬小屋近くの木々から、慌てて小鳥たちが逃げていきました。

お母様が朝早くから起きているなんて珍しい。簡単に畳んだシーツを抱えて、私は馬小屋を飛びだしました。

「メロディ！　メロディ・オスティン！　さっさと掃除をなさい！」

はい、ただいまっ。と返事をしたいところではありますが、それは叶いません。

というのも私は、喋ることができないからです。

お母様によると、私は生まれつき声を持たなかったようです。そんな私を屋敷近くの空いた馬小屋に置いてくださっているお母様は、とても慈悲深い方でいらっしゃいます。

私――メロディ・オスティンは、オスティン男爵家のひとり娘です。

先月十六歳になったのに、小柄で痩せっぽちでみすぼらしく貧相……と私を誕生日の夜に称したのはお母様でした。否定する材料がないのが、なんとも悲しいところです。

それでもどうにか特徴を挙げるとするなら、ウエーブがかかった長い水色の髪と、湖の底のような色を宿した瞳は、街を歩いていてもまじまじと見られることがあります。どうやら、このあたりでは珍しい色のようです。お母様も、肖像画の中のお父様も茶色い髪と瞳を持っていますから、私は二人にちっとも似ていません。

オスティン男爵家は、昔は栄えていた家のようです。それもお父様が男爵家を継いでからはすっかり落ちぶれてしまったそう。

お母様によると、お父様は賭け事が大好きで、夜な夜な遊びに出かける方だったのだとか。今もどこかの女のところに転がり込んでいるのよ、とお母様は事もなげに話されていました。私はお父様にお目にかかったことがないので、街角ですれ違ってもそうと気づかないかもしれません。

オスティン家の生活は困窮し、お給金が払えなければ使用人を雇えませんので、この家では私が家事のすべてを担当しています。五歳の頃にお母様に命じられてから……ずっと。

朝昼は古びたお屋敷で働き、夜を馬小屋で過ごす生活は、慣れるまでは辛いものでした。最初の頃は、寂しくて、悲しくて、あかぎれだらけの指を震わせて何度も泣いていたように思います。

それでも逃げだそうとは思いませんでした。男爵家の娘としてなんの役割も果たせない私にもこなせる仕事を、お母様は与えてくれているからです。

ですから私は、今日もがんばります。お掃除をして、お洗濯をして、お料理をして――お母様がこの屋敷で快適に過ごせるように、精いっぱいがんばるのです！

――なんて決意を新たにした、その日の夕飯時のことでした。

「メロディ。お前、嫁ぎなさい」

「……っ？」

食堂でせっせと配膳をしていた私は、貴重なパンを落としそうになりました。

聞き間違いかと戸惑いながら見つめる先に、足を組んで座っているお母様がいます。

グレンダお母様は、とても華やかな美貌を持つ方です。鼻は高く口が大きく、手足もすらりと長くて、私が言うのもなんですが一児の母とは思えません。

着飾るのが好きなお母様は、ドレスや宝石など、しょっちゅう高い買い物をします。夜になると、パーティーに出かけられることもしばしば。オスティン家が傾いた理由はお母様の散財にもあるのでしょうが、今のところ節約や節制をする気はなさそうです。

屋敷の中にあった絵画や調度品は次から次へと売り払ってしまい、今ではほとんど残っていません。でもそうして手に入れた貴重な硬貨は新しいドレスを買い足す費用に使われてしまうので、オスティン家の家計は火の車なのです。

つまり私が、嫁ぐ理由は……。

私が庭で育てた豆と根菜入りのスープをすすりながら、お母様がおっしゃいます。

「触れが出たんだ。とある貴族の家に若い花嫁を売り飛ばすと、大金がもらえるそうだよ。ようやく役立つときが来て良かったたね、メロディ」

顎からスープの汁を垂らすお母様の言葉は、概ね想像通りのものでした。

どうやら私は、お金のために売り飛ばされることになったようです。

でも……こんな日が来ることを、心のどこかで覚悟していました。むしろ、喋れない娘をもらってくださる方がいるならありがたいことです。

ですが、嫁ぎ先はどちらなのでしょう。するとお母様は赤い口紅を引いた唇を、にぃっと笑みの形につり上げます。

「花嫁を探しているのは、怪物公爵さかっ――」

今度こそ私は目と口を大きく開き、動けなくなってしまいました。

クラディウス公爵――またの名を、怪物公爵。

スール国の北領を守護するその方は、四大公爵のひとりです。強靱な肉体を持ち、類い稀なる剣の才能を用いて数多の魔物を屠ってきました。北領の外れに住む私も、もちろんその名前は存じ上げています。

魔物というのは、人類と太古の昔から敵対関係にある種族のことです。その形態は様々で、角が生えていたり、鋭い鉤爪があったり、水を掻き分けるひれがついていたり……彼らに共通するのは、人間を捕まえて食べること。高い知能と強い魔力を持つ一部の魔物は、言葉を操ることができ、喰らった人間の姿に化けることさえあるのだとか。

スール国の北側には、北方山脈と呼ばれる峻険な山並みが続いています。山脈を隔てた向こう側には、魔物が跳梁跋扈する魔物領があるそうです。ただ、その場所を実際に目にした人はいないので、真相は定かではありません。魔物領だと目される土地は調査が進まず、地図上は大きな空白となっています。

つまり北領を統治するということは、この魔物の襲撃を昼夜問わず集中的に浴びることを意味します。

当代の公爵様は、現在は二十の隊を持つ風狼騎士団の団長を務めています。北方山脈に前線基地となる五つの砦を築き上げ、そこに防衛の隊を配置・指揮することで、魔物を見事に撃退し続けているのです。彼がいなければ国中に魔物が出没していても、おかしくはないでしょう。

ですが歴代の公爵様たちが怪物公爵と呼ばれてきたのは、戦上手だけが理由ではありません。というのも公爵様たちには、魔物のいかなる攻撃も当たらないのだそうです。

背後から急襲しても。空から岩を落としても。落とし穴に追い込もうとしても。予測不能に思える奇襲すらあっさりと躱《かわ》して、魔物の胸に剣を突き立ててみせるのです。

まるで、最初から魔物の用いる策をすべて知っているかのように――立ち塞がるすべてを打ち破る。ゆえに、怪物公爵と呼ばれます。

第十三代クラディウス公爵であらせられるギルバート・クラディウス様は、二十一歳という若さでありながら、名高い先代に負けず劣らずの戦果を上げ続けているそうです。

彼らが主役の戯曲は、子ども中心に大きな人気を誇っています。特に名前をよく聞くのが、一代目、七代目、十二代目の公爵様でしょうか。

私は劇場に行くお金がないので、掘っ立ての野外劇場から漏れ聞こえる芝居の声や、路地で遊ぶ子どもたちが聞かせてくれた拙い物語を繫ぎ合わせて、自分なりの公爵様を目蓋の裏に思い描いてきました。そのたび、何者にも負けず屈さない強さに、痺れるような憧れを覚えたものです。

お買い物のために街を歩いていても、怪物公爵の名が聞こえることがあります。彼がいるだけで、戦場の勝敗が覆される。北部の外れにまで、怪物公爵の名は轟いているのです。

私にとって、そんな公爵様はほとんどおとぎ話の中の存在でしたが……お母様は機嫌良さそうに続けます。

「あの怪物はね、国王から何度も縁談を持ち込まれてるんだ。それなのに、公爵城にやって来た九人もの花嫁候補は全員が怪物公爵に恐れおののき、結婚式が始まる前に裸足で逃げていったそうだよ。それで仕方なく、国中から新たに花嫁候補を募ることにしたってわけさ」

お母様はクックッと喉の奥で笑い、手にしたスプーンを放り投げます。

「怪物公爵はとんでもなく醜悪な外見だって噂だから、若い女たちが逃げるのも無理はないね。なんだったか、額に大きな瘤があって、鼻は潰れており、体毛は分厚く……その醜い顔は豚のようにも、蛙のようにも見えるそうだよ」

ど、どっちなのでしょう。

「まぁ、つまり不細工なお前に似合いの、世にも醜い男だってことさね」

「…………」

どこまでが本当かは分かりませんでしたが、お母様のお話だけでは不足している背景を想像の中で膨らませてみます。

国王陛下の意図としては、若く健康な公爵様を今のうちに結婚させたいと考えている。貴族の方となると後継者の問題もありますし、貴族同士の結婚は家と家の結びつきを強めるという政略的な意味合いが強いです。演劇でも、しょっちゅう「家に縛られたくはないんだ！」と駆け落ちする男女が描かれるものですから、私でもそれくらいのことは分かります。

でも国王陛下が縁談を進めた九人の花嫁候補は、顔合わせはしたものの結婚を辞退し、公爵様のもとから逃げだしてしまった。自分の息のかかった貴族家の令嬢を花嫁に選ぶことは、国王陛下も諦めつつあります。むしろ若い女性が逃げ続けては、公爵様の評判が落ちるような事態にもなりかねません。

そのため、国王陛下は公爵様に新たに命じられました。――とにかく、誰でもいいから適当な相手と結婚しろ、と。

そこで公爵様は花嫁募集のお触れを出します。お母様はこれ幸いと、私を送りだすことにしたわけです。

でも、そもそも。そもそもの問題です。

――馬小屋に住む私が、公爵様の花嫁になれるのでしょうか？

私は冷や汗をかいてしまいます。あまりに無謀なのではと不安がっていると、テーブルに肘をついたお母様はにやりと笑ってみせます。

「安心しな。花嫁に出された条件はたったひとつだ」

ごくり、と私は息を呑みます。

北領、ひいては国中の民を身を粉にして守り続けてきた、立派な公爵様。幾多の戦いをくぐり抜けながらも、容姿を理由に乙女に避けられてしまうという公爵様。

その方が自らの花嫁に求められる条件とは、いったい――？


「『静かであること』」


……？

それを聞いた私は、ぽかんとしてしまいました。

花嫁に課されるにしては、なんというか、ずいぶん変わった条件のような気がします。

「いかにもお前向きだろう。なんせ、喋ることもできないんだから」

お母様が唾を飛ばしながら、けらけらとおかしそうに笑います。

自慢にはなりませんが、私は確かに静かなほうだと思います。喋れないのもそうですし、家の中ではなるべく物音を立てないようにしています。

静か、ではありますが……言い換えますと、それ以外にはなんの取り柄もありません。社交界のマナーやしきたり、公爵夫人の役割など、何一つとして分かりません。学がなく、読み書きだってできないのです。

それに。たったひとつの条件には、どこか投げやりさが感じられました。

すでに九人の花嫁候補に去られたからでしょうか。私のような凡人がご心情を想像するのも畏れ多いですが、もし私が公爵様の立場だったら、とても辛くて悲しくなってしまうと思います。まるで、自分を否定されたように感じてしまうから。

そんなご経験をされた公爵様はきっと、もう結婚になんの期待もされていないのです。もはや誰でもいい。誰でもいいとは言えないから、一応の条件を設けておいた。そういうことなのではないでしょうか。

そんな方のもとに、お金目当てで嫁ぎに行くのが正しいこととは思えません。すると私が躊躇っているのを見て取ったお母様が、取りだした鞭でぴしりと椅子の脚を叩きます。

「また折檻されたいのかい？」

「――ッ！」

反射的にびくりと身体を震わせた私は、床に這いつくばるように深く頭を下げました。お怒りを鎮めるために恭順の意を示せば、お母様が満足げに笑われます。

「いい子だ。それでこそアタシのメロディだね」

頭上から降ってくる言葉は、嵐に似ています。このまま頭上を過ぎ去るか、いつものように暴れ回るのかは、すべて嵐の気分次第なのです。

だから最初からお母様に逆らうつもりなんて、ありませんでした。

声を持たない私には、「はい」と「いいえ」しかありません。そしてお母様相手に「いいえ」が通じることは、絶対にないのですから。

冷たくなっていく手足を震わせて辛抱強く待っていると、お母様が鼻歌交じりに鞭を仕舞われます。機嫌がいいおかげで、今日の折檻は免れたようです。

私はのろのろと立ち上がります。お母様はドレスの懐を探っていました。

「出立は明日の朝だ。これは馬車に乗る金と、怪物公爵への手紙だ。公爵城に着いたら、門番に手紙を渡しな。旅立つことは誰にも話すんじゃないよ。寄り道もせず、なるべく早く城にお行き」

少しばかりの硬貨と、皺だらけの封筒が汚れたテーブルに置かれます。事前に手紙を用意していたということは、私を公爵城に向かわせるのはやはり決定事項だったようです。

「話はこれで終わりだ。分かってると思うが、二度とここに帰ってくるんじゃないよ。お前の作るまずい飯には、もううんざりだからね。最近は肉も出やしないし……」

私が深々とお辞儀すると、お母様が席を立たれます。

お母様の食べ方はいつだって豪快です。散らかったテーブルや床は、お片づけのあとに拭き掃除をしましょう。お腹はきゅるきゅる情けなく鳴っていますが、今はひたすら我慢です。

そんな私の鼓膜が拾ったのは、囁くように小さな声。

「これでようやく、念願が叶う。あの方の望みが――」

私がお皿の山から顔を上げたときには、階段を上るお母様の声は聞こえなくなっていました。


こうして私は、公爵城へと向かうことになりました。

心配なのは、お母様が掃除も洗濯も炊事も苦手だということです。私がいなくなれば、他に家事をする人はいないので、お屋敷が荒れるのは想像に難くありません。でも家を出る私が気がかりに思っても、仕方のないことでしょう。

荷物はほとんどありませんでした。私の生活のすべては、馬小屋に押し込められる程度ので成り立っていたからです。替えの下着と肌着、手元に残していた野菜の種、お母様から預かったお手紙と硬貨だけを布鞄に入れて、小屋を出ます。

着ているのは継ぎ接ぎだらけのワンピースドレスに、底に穴の開いたブーツ。自分でもため息が出るくらい粗末な格好です。

やはり、こんな私が公爵様の花嫁になるというのはどう考えても無謀です。それでも、お母様に命じられた以上は望み薄でも出立するしかありませんでした。

お母様はまだ眠っているようで、見送りはありません。お世話になった牛舎のおじいさんたちにはお別れの挨拶をしたいですが、お母様の言いつけを思いだすと憚《はばか》られました。

お母様からは、喋れない娘なんて周りにばかにされるのだから、誰とも交流しないようにときつく言い含められています。でも悪い子の私は、約束をこっそり破っているのです。

一抹の寂しさを感じながら、私はひとり新緑の小道を歩きだします。まだ冷たい春の風を浴びて、木漏れ日の揺れる道をまっすぐ進んでいけば、前方に隣町への馬車が出ている駅が見えてきました。

今まで、住んでいた街を離れることはありませんでした。もちろん馬車に乗るのも初めてのことです。そんな場合ではないのに、ドキドキしちゃいますね。

それなのに馬車に乗ると、なぜか懐かしいと思います。いつ、どうして乗ったんだったか……思いだそうとすると頭痛を覚えて、私は顔を顰《しか》めました。

馬車には各地を旅するという吟遊詩人の方が同乗していました。子どもたちにせがまれた彼は、弦楽器を爪弾いて語り聞かせます。その音色が、私の頭痛を忘れさせてくれました。

……北の山脈に住む魔物
人を痛めつけ　喰らい殺す　おぞましい悪魔たち
だが爪と牙を振るって跋扈する魔物より
恐ろしいのは怪物　怪物公爵
残忍で冷酷な男は　ひとたび剣を抜けば魔物の胸を貫き

返す刀で　次なる獲物の骨を断ちきる

空に毒々しい三日月が浮かぶ　長く永い漆黒の夜
骸《むくろ》転がる荒野に　ひとり立つは怪物公爵
彼の全身からは　夥しいほどの魔物の返り血が滴り落ち
その双眸は血よりも濃い赤色を宿して　今宵もお前を凝視する……

歓声を上げる子たちもいますが、中には泣いて怯える子もいます。魔物より恐ろしい人なんて言うからだと、私はひとり頬を膨らませていました。

乗合馬車に乗るお金はお母様からいただいていましたが、それは三つ目の街に着いたところで尽きてしまいます。私は立ち寄った街のお店で雇ってもらい、皿洗いや床掃除で日銭を稼ぎながら、さらに北へと移動していきました。

スール国は国王陛下が統治する中央、四大公爵が治める東西南北からなる、五つの地域に分けられています。北領の特徴は、南北に平行して山々が連なる、山岳地帯——北方山脈が広がっていること。山麓の河川沿いには、自然の力で扇状地が作られます。ここにいくつもの街や都市が築かれているのです。

山岳地帯に近づくにつれて、少しずつ気温は下がっていきますが、道を行き交う人の数は増えていきます。看板や店構え、店に並ぶ商品、通りを歩く人の格好も明らかに洗練されていきます。

今まで小さな街を出たことのない私にとっては、目新しいものばかりでした。これでも北領はスール一の田舎と呼ばれるのですから、絢爛豪華だという王都に一歩でも足を踏み入れたら、私なんて驚いて気絶してしまうかもしれません。

そして花嫁募集の時期が冬でなくて良かった、とも思います。もしも季節が冬であったら、お金のない私は道中で凍え死んでいたかも分かりませんでした。


北領最大の都市に着いたのは、出立から七日後の昼のことです。

長旅で痛む腰やお尻をさすりたい気持ちを抑えて、私は馬車を降りました。

そうして手庇《てびさし》をして青い空を見上げたとき、口をあんぐりと開けてしまいました。まだ距離があるというのに、雪の溶けかけた山脈を背負う高い尖塔が見えていたからです。

わぁあ…………。

山の一部を切り開いて建設されているのは、とにかく大きなお城でした。それに高くて立派です。広さでいえば、私が住んでいた馬小屋が千棟……いえ、もっともっといっぱい入るかもしれません。

お城を囲うように、びっくりするくらい高い城壁が作られています。難しいことは分かりませんが、砦のみならず公爵城も、魔物に対抗する要塞としての役割を受け持っているからでしょう。

このお城は、今まで私がお城という建造物に対して抱いていた優雅で壮麗、というイメージとはまるきり違っていました。

夜な夜な宴会や舞踏会が開かれて、きらびやかに着飾った男女が手を取り合って踊るようなお城とは無縁の……城下の人々を守るための、最後の砦。クラディウス公爵城は、勇ましく堅牢な城でした。まるで、物語の中で語られる公爵様そのもののように。

私は胸の高鳴りを感じながら、意気盛んに歩きだします。

お城に向けて傾斜のある道は、小道が多く、曲がりくねってもいるので、何度か迷ってしまいました。お城を見据えて歩いているつもりでも、気づくと外れた位置に出てしまいます。

たぶん、大量の魔物が列をなして侵攻できないように。それに、小道に伏兵を忍ばせるためでしょうか。詳細な地図を把握していないと、迷わず進むのは不可能のように思います。

人に道を尋ねようにも、表情や仕草だけではなかなか質問が通じません。

「分かるよ。ちょっと古いが、立派な城だよな」「北方山脈を指さすなんて、やめたほうがいいわ。魔物があなためがけて襲ってくるかもしれないわよ」「そうだのう、空が青いのう」……ううっ、思った通り伝わりません！

あちこち行ったり来たりしながら、私は苦労してお城の正門前へと辿り着きました。

見上げるほど大きな門の先には、石畳の路が続いています。

でも背伸びして観察している暇もありませんでした。槍を持つ門番さんたちが、私を不審そうに眺めていらっしゃるからです。

「なんだ、お前は」

「公爵城になんの用だ？」

「！」

私は慌てふためきつつ、布鞄から手紙を取りだします。

ぺこぺこしながら差しだすと、なんとか受け取ってもらえますが……門番さんたちは、すぐに手紙から視線を外してしまいました。

「騎士団のお戻りだ」

彼らの見やる方向に目を向けると、最初に見えたのは土煙でした。

市街地ではなく、山道を駆け下りてくる一団は——代々のクラディウス公爵様が団長を務められるという、魔物討伐の任に就く風狼騎士団でしょう。

どうやら遠征から一部の隊が戻られたところのようです。それにしても、百頭近い馬が隊列を組んで駆ける様子は圧巻でした。

先頭には、一際立派な体躯をした黒毛の馬にまたがり、マントをなびかせる騎士様のお姿があります。よく目を凝らそうとすると、門番さんに腕を引っ張られました。

「おい、危ないぞ。そこにいたら蹴られる」

「⁉」

馬の一蹴りを喰らえば、私なんて一溜まりもありません。慌てて後ろに下がると、そのまま通りすぎようとしていた黒毛の馬が、ひひん、といなないて足を止めます。す、すごい迫力です、本当に蹴られたらおしまいですね！

「騎士団長並びに第一、第五番隊の皆様。よくぞご無事で！」

門番さんたちに敬礼された方は軽く頷いてみせてから、どうやら私を見下ろしたようでした。

「――なんだ、この子どもは」

逆光になって、太陽を背負う方のお姿はよく見えませんが、きっとこの方がギルバート・クラディウス公爵様……。

私は首の後ろが痛くなるくらい上を向いて、目を眇《すが》めます。奥底に苛立ちをにじませた、低く掠れた声音だけが続けて私の耳朶《じだ》を打ちました。

「さっさと摘まみだしておけ」

命じられた二人の門番さんが、顔を見合わせます。

その手に握られた手紙に気づかれたのか、公爵様は後続に手を振って指示を出されました。

二人と二頭を置いて、他の騎士様たちを乗せた馬がかっぽかっぽと城の敷地へと戻っていきます。

「スウェン」

呼ばれたのは、涼しげな目元をされた年若い男性でした。背には弓と矢筒を背負っています。

薄い金色の髪は、首の後ろでひとつに括られていました。

その男性――スウェン様が、馬上で手紙を受け取ります。ナイフで封を解くと、中身にさっと目を通します。

「これは……ものすごい悪筆ですね」

スウェン様はさっそく眉を顰《ひそ》めていました。お母様の字が読みにくいようで、申し訳ございません……。

数秒後、スウェン様は文面から目を上げます。

「団長。どうやらそちらの方は、オスティン男爵家のご令嬢……メロディ・オスティン様のようです。母親からの手紙にそう書かれています」

「！」

急に名前を呼ばれた私は、はっと姿勢を正します。

ただいまご紹介にあずかりました。メロディ・オスティンと申します――街で見かけたことのある淑女の礼を真似て挨拶します。

「オスティン家？　聞いたことがないが」

北領の貴族といっても、名ばかりの貧乏貴族です。公爵様がご存じないのも当然かと……。

「それで？　男爵家の令嬢が何用だ？」

「先月十六歳を迎えたので、公爵家の花嫁として迎え入れてほしいとのことです」

スウェン様の要約を、公爵様は鼻で笑われます。

「まさか本当に、俺のところに娘を送り込んでくる母親がいるとはな。よほどの命知らずか、口減らしのつもりか」

「ひとりでもお越しいただけて、僕はほっとしていますがね」

スウェン様は呆れ顔をしていらっしゃいます。軽い口調のやり取りからして、お二人はとても近しい間柄なのかも。

それにどうやら、花嫁候補が募集されてから公爵城にやって来たのは私が初めてのようです。

これはもしかすると、公爵様に受け入れていただける可能性大なのでは……！

「それはいいとして、これのどこが十六歳だ。栄養失調の子どもでも、もう少しまともに育つだろう」

「…………」

前言撤回です。やっぱりだめかもしれません。

「それに、なぜ先ほどから喋らない。挨拶くらい口にしたらどうだ」

私は申し訳なさから、ひたすら平身低頭するしかありません。

どうやらお母様は、私が声を持たないことをお手紙に書き忘れてしまったようです。

これは困りました。いつものように、口をぱくぱくしての身振り手振りで伝わるでしょうか。怪しい動きをすれば、即座に腰に佩《は》いた剣で斬り捨てられてしまうのでは？

どぎまぎする私の前で、公爵様が唐突に馬の背からひらりと下りられます。

ようやくその方の容姿を目の前にしたとき、私は硬直していました。

「…………っ！」

もしも私が声を持っていたとしても、その方を前にすれば言葉はことごとく奪われていたことでしょう。それほどの感動が、私を包み込んでいました。

なんて——なんて美しい方なのでしょうか。

艶めく短い銀髪に、紅の瞳。抜き身の刃に似た鋭い雰囲気をお持ちでありながら、彫刻のように端整な顔立ちをしていらっしゃいます。

険しい目つき、長い睫毛。すっと通った鼻筋に、薄い唇。光沢のある黒鎧をまとっていても筋肉の盛り上がりがはっきり分かるほどに、鍛え上げられた肉体……。

頬が熱を持ち、逆上《のぼ》せたようになります。私はすっかり、目の前に立つ騎士様に見惚れていました。

お母様は確か、額に大きな瘤があって、鼻は潰れており、体毛が分厚く、豚にも蛙にも見える殿方こそ公爵様だとおっしゃっていましたが……それはきっと、神々しい美貌に嫉妬を抱かれた方々が流した心ない噂なのでしょう。

すると背の高い公爵様が私を見下ろし、訝しげに目を細められています。その瞳の色は、そう、まるで——まるで、柘榴の実のようにきれいで。

……いえ、柘榴というよりは林檎でしょうか。それも赤く熟して、甘さをたっぷり溜め込んだ林檎です。そんな特別に瑞々しい色を、目の前の公爵様は持っているのです。

ああ、公爵様の目を見つめていたら、無性に林檎が食べたくなってきました。そういえば果物を最後に食べたのは何年前のことでしょう。なんて食べ物に思いを馳せてばかりいると、また卑しん坊だとお母様に怒られてしまいますよね。

そんなことを考えている私の前で、なぜか公爵様は目を見開いています。驚かれているようにお見受けしますが……いったい、何に？

ああ、それにしても、驚いた顔もびっくりするくらい美麗で——。

「……黙れ」

「っ？」

私はとっさに、動いてもいない唇を両手で押さえつけます。

ですがきょろきょろと周りを見たところ、スウェン様も門番さんも、どなたも喋ってはいないご様子です。それなら、この見目麗しい方は誰を注意して——？

「それ以上、その口を開くなと言っている」

「っっ？」

ど、どういうことでしょう。もしかして公爵城に立ち寄った妖精が、麗人にしか聞こえない声で囁きかけているとか……！

「！　だから、黙れと言っているだろうッ！」

「っっっ！」

一喝された私はその場で跳び上がり、ぺこぺこと平謝りします。

というのも公爵様の輝かしい双眸は、先ほどからずっと私を捉えているのです。私は理解力に乏しい人間なので、その意味に気づくのに時間がかかってしまいましたが。

つまり、公爵様は――私の顔がうるさい、とおっしゃっているのです！

公爵様は、何よりも静寂を尊ばれる方。花嫁に求める唯一の条件が『静かであること』なのですから、それは疑いようがありません。

それなのに私は、未だかつて目にしたことがないほど凛々しく麗しい公爵様を前にして、恥ずかしげもなく浮き足立ってしまいました。そんな私の表情や仕草は、この上なく煩わしいものだったはずです。

気がつけば公爵様は焦ったように口元に手を当てていて、周りの門番さんたちも困惑の表情を浮かべていますが、私は布鞄を持つ手にぎゅっと力を込めました。

顔がうるさい私の第一印象は最悪。すでに公爵様をご不快にさせているのは百も承知。それでも帰る家がない私は、このまま追いだされるわけにはいきません。

「～～っ！」

ぎゅうっと目蓋を閉じ、必死に念じます。

静か、静か、静か、静か……っ。公爵様を煩わせないために、私よ、静かであれっ。

公爵様がかっこいい方だからといって、はしゃいではだめ。静かに、もっと静かにっ。心の中でうんうん唸りながら集中し続ける私に、公爵様がどこか唖然としておっしゃいます。

「おい、なぜ呼吸をしていない」

「？」

ご指摘を受けてようやく、自分が息を止めていることに気づきました。

どうやら酸欠状態になっていたようです。自分でも、顔からすーっと血の気が引いているのが分かります。

ふらつく私の肩を、いつの間にか馬から下りていたスウェン様が後ろから支えてくださいました。

「団長が『黙れ』なんて言うからでしょう。オスティン男爵令嬢は、あなたの命令に従おうとしたんですよ」

どこか責めるような語調のスウェン様に、公爵様は唇を歪めます。なんだか親に叱られた子どものよう……なんて思っては、公爵様に失礼ですね。

公爵様が、少し顔色のマシになった私を見やります。

「喋れないのか」

「！」

出し抜けに問われた私は、驚きつつこくこく頷きます。

「そうか」と相槌を打ち、それっきりでしたが、それだけのことが嬉しくて堪りません。公爵様は、ちゃんと私の仕草の意味を読み取ってくださっていたのです。

「それで、団長。どうされるのです？」

その問いかけに、ぷいと顔を背けた公爵様――ギルバート・クラディウス様は、馬の手綱を引きながら答えました。

「三時間後に式を挙げる」

少し意外そうにスウェン様が片眉を上げますが、異を唱えることはありません。

「承知しました。それではオスティン男爵令嬢、我々についてきていただけますか。まだ気分が悪いようなら、馬に乗っていただいても構いませんが」

なんだか私を置いて、話がどんどん進んでいっています。

どうやら追いだす方向で話がまとまったわけではなさそうで、それはありがたいのですが……。

遅れて話の内容を理解した私の頬を、たらりと汗が流れていきます。

さ、三時間後に結婚式、ですか？

第二章　こんなに立派なお屋敷をいただけるなんて、思いもしませんでした

「急いで！　早く！」

「もう時間がないのよ！」

「こっちにも人を寄越してちょうだい！」

　頭上を怒号のような声が飛び交う中。公爵城に入城を果たした私は——あれよあれよと言う間に、お湯を張ったバスタブに入れられていました。

　服や下着を脱がされた直後は大混乱でしたが、たっぷりのお湯に浸かる感覚は気持ちのいいものです。暖められた身体から、するするとお湯の中に疲労が溶けていくのを感じます。

　お仕着せ姿のメイドさんたちは湯気に汗をかきながら、私の髪を洗い、身体を磨いていきます。私の全身はすぐ泡まみれになりました。メイドさんたちの手つきは丁寧で、どこも痛くはありません。

　誰かに自分のことをしてもらうというのは、不思議な経験でした。指一本動かさずお世話になるのに抵抗がないといえば嘘になりますが、ただでさえ忙しそうなメイドさんたちに余計な手間はかけられません。

　ただ、自分では毎日身体を拭いて身ぎれいにしているつもりでも、お湯に砂や埃が沈んでい

るのに気づくと恥ずかしくなりました。私も一応、乙女の端くれなので……。

それにしても、こんなにも話がトントン拍子で進むとは思いませんでした。お母様が知ったらお喜びになることでしょう。きっと後日、オスティン男爵家には褒賞金が届けられるはずですし。

しかし公爵様は、結婚に乗り気というわけではなさそうです。どちらかというと、押しかけてきた私を追い返すのも面倒だから、とりあえず式を挙げておこう――というような、ぞんざいな態度に思えました。私の他に公爵城にやって来た女性はいないようでしたから、諦めの気持ちもあったのかもしれません。

それにしても公爵様は、凄絶なほどの美丈夫でした。お姿を思いだすだけで、私は自分の頬がにわかに熱を持つのを感じます。赤くなった頬は、お湯に浸かって体温が上がったから……という言い訳で、果たして誤魔化せるものでしょうか。

「男爵令嬢、どうぞこちらに」

私は慌ただしく呼ばれます。なにせ結婚式は三時間後。いえ、もう三時間もないのですから、メイドさんたちが大慌てなのも当然です。公爵様のご指示がとんでもない無茶ぶりであることを、改めて実感します。

バスタブを出た私は、数人がかりで髪や身体を拭いてもらいます。今まで触れたことのないくらい柔らかなタオル生地に包み込まれて、うっとりしてしまいました。

でも私を洗っているときも、拭いているときも、何人ものメイドさんたちが息を呑んでいるのが伝わってきました。私の身体には、至るところに傷があるからでしょう。気分の悪いものを見せてしまい、申し訳ない気持ちになりました。

布面積の少ない補正下着を身につけた私は、豪奢なドレッサーの前に座ります。髪を乾かし、香油をつけた櫛で梳かされ、身体にはクリームを満遍なく塗られて全身を保湿されていきます。あちこちから手が伸びてきては、私の世話を焼いてくれます。なんだか自分が、おとぎ話に出てくるお姫様になったようです。

お化粧が施される間は、首を動かさず目を閉じているようにと言われます。後ろから物音がしたので片目を開けて鏡を見ると、運び込まれてきたのはハンガーラックでした。

ドレス用の金のハンガーラックに吊るされているのは、純白のウエディングドレスです。

私は思わず目を輝かせました。ふわりと重なって膨らむレースに直接縫いつけられた真珠や宝石が、ランプの光を浴びてきらきらと輝いています。

光沢のあるドレスには、肩からウエストのラインにかけて幻のように精緻な刺繍が施されており、重厚感があります。私が安堵したのは、そのドレスは貞淑さを強調してか、肩や背中が大きく露出しないデザインだったことです。これならば、傷痕を公爵様には見られずに済みます。私はドレスを製作された職人さんに心から感謝しました。

しかし用意されたドレスを着てみたところで、大きな問題が発生。ドレスのサイズが、私の身体にまったく合わないのです。

トレーンをずるずると引きずり、それどころか後ろに引っ張られてひっくり返りそうになる私を見て、着替えを手伝ってくれたメイドさんたちが大きなため息をつかれます。床を引きずるトレーンはあって然るべきですが、限度というものがありました。

「これしかないの？」

「一応、いちばん小さいサイズのドレスなんですが」

「すみません。こんなに小柄な花嫁は想定してなくて……」

「分かったわよ、どちらにせよ時間はない。このドレスをベースになんとかしましょう」

わらわらと集まったお針子さんたちは苦労して、表から見えないように縫って裾上げしていきます。脇を詰めて、ウエストを詰めて、なんとか見られる程度に仕上げていきます。

それでもやはり身長がまったく足りず、最終的にびっくりするくらい高いヒールの靴を履かされました。靴のサイズもまったく合っていないので、踵とつま先に大量の詰め物をしています。

そんな感じで、見えない部分に努力の光る仕上げとなりましたが……こんなにきれいな衣装を着せていただくのも、私にとっては生まれて初めてのことでした。

長い髪をいくつもピンを入れて結い上げて、前髪と後れ毛をコテで巻いたあとは、きらめくティアラを被せられます。表面に曇りひとつない姿見を見つめたとき、私はそこに映っているのが自分だとすぐには分からないくらいでした。

ドレスのすばらしさは言わずもがな、背中に広がるウエディングベールに、小振りな花がついた手袋。耳元や胸元には、宝石のアクセサリーがこれでもかと光ります。

見返してくる私の目も、頬も、唇も、なんだか私のものではないようです。寝不足で消えないクマは化粧で隠され、頬は瑞々しい薔薇色に。痩せた輪郭は心持ちふっくらと見えるように、自然な陰影が作られています。

そのとき、感激している私の背後から「素敵……」と小さな呟きが聞こえてきました。

振り返ると、そこに立っていたのはひとりのメイドさんでした。年齢は私と同じくらいでしょうか。赤茶色の髪を二つに分けて、三つ編みのお下げにしています。浴室では、私の二の腕を磨いてくれていました。

もしかすると今のは、私を褒めてくださったのかもしれません。嬉しくなって私が笑みを返すと、惚けていたメイドさんが赤面します。

「失礼しました！」

なぜか謝りながら、彼女は小走りで去ってしまいました。

「男爵令嬢、時間がありませんので礼拝堂に参りましょう」

その背中を視線で追いかけていると、別のメイドさんから素っ気なく声をかけられます。先ほどから次々と周りに指示を出されていたメイド長さんです。

年齢は三十歳くらいでしょうか。焦げ茶色の髪を肩で切り揃えたメイド長さんは、私と目が合うと眉根を寄せます。その表情だけで、ぽっと出の私を快く思っていないのが伝わってきました。それなのに完璧に飾り立ててくださったのですから、職務に忠実な方です。

メイド長さんに先導され、他のメイドさんに長いトレーンを持ってもらった私は廊下を進んでいきます。

大広間を横切って、さらにまっすぐ。高いヒールのある靴を履いたのは初めてなので、一歩一歩を注意深く進まなければなりません。さもなくば、すぐに転んでしまいそうです。

額に汗をかき、早くも両足が痛くなってきます。私の遅遅とした歩みに周りの方は苛立ちを抑えきれないようで、不甲斐なく思います。

幸いにも、目的地はそこまで離れていませんでした。結婚式は、大広間の先にある礼拝堂で行われるようです。

――入り口の前に立って腕を組んでいるのは、ひとりの麗人でした。

シックな黒のジャケットに、知的な白いベスト。洗練されたネクタイ。飾り気のない格好は類い稀なる美貌を引き立たせるばかりで、貴公子という言葉が自然と胸に浮かびます。

先ほど私が目にしたのは、過酷な戦場からお帰りになったばかりの公爵様でした。どちらのお姿も、言葉では言い表せないほど素敵です。

うっとりして見上げていると、公爵様が私を睨むように見下ろします。物言いたげに形のいい唇が開かれますが、控えていたスウェン様がそっと声をかけました。

「今は式の進行が優先ですよ」

「分かっている。……行くぞ」

前半はスウェン様に、後半は私に向けられたお言葉でした。

礼拝堂に続く両開きのドアが開け放たれます。柱や天井は驚くほど優美な造形で、壁一面に配されるステンドグラスは息を呑むほど神秘的です。

でも、礼拝堂を彩る装飾や装花は最低限のものでした。三時間前から作業を突貫で進めたでしょうから、それも当然です。むしろよく間に合ったなぁ、と他人事のように感心してしまいました。メイド長さんたちを始めとして、公爵城には優秀な使用人さんがたくさん雇われているのですね。

そうして私が、公爵様に続いて堂内へと足を踏みだしたときです。

「っっ！」

足首が横にグキッとなり、気がつけば私の身体は大きく傾いていました。

しまった、と今さらになって悔やみます。どうしましょう。せっかく時間をかけて、皆さんにきれいにしていただいたのに——。

しかし覚悟していた衝撃は、いつまで経っても訪れません。

「……？」

恐る恐る、片目を開けてみると……すぐ近くに、公爵様の輝かしい美貌がありました。

自分の身体を見下ろしてみて、ようやく気づきます。私は、公爵様の筋肉質な両腕に横抱きにされていたのです。

転倒しかけた私を、手を伸ばして助けてくださったのでしょう。私はあまりの恥ずかしさに、顔から火を噴きそうになりました。

「……軽すぎる」

腕の中にすっぽり収まる私を一瞥した公爵様が、苛立たしげに吐き捨てます。

お手を煩わせるのが忍びなく、私はすぐさま下りようとしましたが、公爵様の力強い身体はびくともしません。

もはや下ろすのも面倒に思われたのでしょうか。狼狽える私を抱いたまま、公爵様は何事もなかったように歩を進めます。

牧師様のお声は、ほとんど私の耳に入りません。先ほどからずっと、心臓がばくばくとうるさいくらいに騒いでいるせいです。

まったく余裕のない私と異なり、公爵様は無表情を保っておられます。気高い方の腕の中で、私はますます情けなさと羞恥心でいっぱいになり、縮こまってしまいました。今までの花嫁候補で、ここまで公爵様にご面倒をおかけしたのは私だけではないでしょうか……。

すると身動きひとつ取れずにいる私に、公爵様が整ったお顔を近づけてきます。

びっくりして肩を竦ませると――私の唇のすぐ真横に、甘さの欠片もない囁きが落とされました。

「勘違いするな。口づけをするつもりはない」

ぎらりと光る赤い双眸に、私は瞬きすら忘れて釘付けになります。

「俺が、君を愛することはないからな」

誓いのキスの代わりに賜ったのは、何かを忠告するような、警告するような、そんなお言葉でした。

――こうして。

音楽も聖歌も、参列者も祝宴もない形だけの結婚式は、終わりを迎えたのでした。

「明日の早朝にはまた城を出る」

ネクタイを鬱陶しげに緩めながら告げられた公爵様は、スウェン様を連れて颯爽と去ってゆかれました。

廊下の床に下ろされた私は、黙ってその背中を見送る他ありません。というのも、感激に打ち震えていたのです。お忙しい中、私との結婚式を優先してくださったなんて……。

でもその理由は、私にも分かっています。

公爵様は誰かしらと結婚したい。私には戻れる家がない。つまりこの結婚は、利害の一致というやつなのですね。

しかしこのままでは、顔のうるさい私はすぐお役御免になってしまうはず。これからは、静かな顔を目指して鋭意努力していきましょう。

決意を新たにした私は、メイド長さんに連れられて着付けをした部屋へと戻ります。ドレスや手袋を脱いで元のワンピースドレスに着替えると、そこにはみすぼらしいメロディ・オスティンが立っていました。魔法は呆気なく解けてしまったのです。

なんだか短い夢を見ていたよう。ぼうっとする私に、メイド長さんがおっしゃいます。

「それでは、本日からのお住まいにご案内いたします」

そうです、夢はまだ終わっていません。まったく実感はありませんが、挙式を終えた私は公爵様の妻になったのでした。

反応を待つメイド長さんに、私は丁重に頭を下げます。転びかけた足首には痛みが残っていますが、不幸中の幸いというべきか捻挫はしていないようです。少し歩く程度であれば、苦ではありません。

真ん中に私を置く形で、一行は歩きだします。

でも先導するメイド長さんは、間もなく裏庭に面した柱廊を突っ切るように外に出てしまいました。彼女が足を向ける先は、裏庭の向こう側に広がる小さな森です。

薄暮れた空に見下ろされる鬱蒼とした森では、草花が好き勝手に育っています。このあたりは、ほとんど手入れがされていないようです。早足で進む私の後ろからは、何人かのメイドさんの忍び笑いがします。

そうして公爵城から歩き続けて、十分ほど経った頃でしょうか。メイド長さんが、ふいに立ち止まります。

振り返ったメイド長さんの手は、眼前に建つ建物を指し示していました。森の奥、橙色の夕日に包まれてひっそりと静まり返る——古びた木造の屋敷を。

「この屋敷が、あなたのお住まいです」

「……？」

告げられた言葉の意味が理解できず、私は口を半開きにして惚けてしまいます。

「こちらが玄関の鍵です」

差しだされた古い鍵を、とりあえず両手で受け取ります。ずっしりと重いです。

私を温度のない目で見下ろして、メイド長さんは告げました。

「この屋敷で、好きにお過ごしください。何をしていただいてもけっこうです。ただし公爵城には近づかないでください。……喋れなくても、言葉の意味はお分かりでしょう？」

ようやく状況が把握できてきました。

でも、嘘でしょう。そんなの……何かの冗談です。

私は思わず、両手で口元を覆います。

そんな私の反応を見て、いくつかの失笑が聞こえてきます。それでも私は、衝撃のあまり微動だにできませんでした。

だって。……だって。

――こんなに立派なお屋敷に住んでいい、だなんて！

この二階建てのお屋敷は、私が暮らしてきた馬小屋とは大きさも広さも比べものになりません。

補修が必要な箇所があるのは見て取れますが、そんなものは今までの暮らしぶりを考えればまったくもって些細なこと。

馬小屋の屋根が雪の重みに耐えかねて落ちてきたり、隙間風で凍え死にそうになったりするのは日常茶飯事でした。そう簡単に吹き飛ばない屋根や壁があるというだけで、恵まれすぎています。

感動のあまり涙を浮かべて震える私を見下ろし、メイド長さんが目を細めました。

「何かご不満でも？」

私はぶんぶんぶん、と首を勢いよく横に振ります。

不満どころか、逆です。こんな素敵なお屋敷に住まわせていただくのに不平不満を言うなんて、私には到底考えられないことです。

というか、本当にいいのでしょうか。何かの間違いではないでしょうか。すぐ近くに馬小屋か犬小屋があって、そちらが私の本当のお家なのでは？　何かの手違いで、案内先を間違えられているだけなのでは？

過ぎた幸せを突きつけられたとき、人は喜ぶより先に戸惑ってしまうようです。私はだんだん不安になってきました。今さら鍵を返せと言われたら、悲しくてそれこそ泣いてしまいそうです。手の中の鍵をぎゅっと握り締めます。

そのときでした。なぜか気の毒そうに私を見やったひとりのメイドさんが、前に出てメイド長さんに訴えます。

「あの、ジタ様。これはさすがに……」

「エイミー。男爵令嬢の味方をするつもりなの？」

顔を上げると、エイミーと呼ばれたのは三つ編みのメイドさんでした。着飾った私を褒めてくださった方です。

そしてメイド長さんのお名前は、ジタさんというようです。図らずも、お二方の名前を知ることができて嬉しいです。口で呼ぶことはできなくても、心の中でお名前を呼ぶことは私にもできますから。

エイミーさんは眉を寄せて、なおも言葉を重ねます。

「だって、旦那様はこんなこと……。いつものように、城内のお部屋を案内すべきじゃありませんか？」

「そうした結果、あの九人はさっさと城を出ていったじゃない。わたしは、そのときを早めようとしているだけ。どうせここを去ると分かっている人間に構うのは、お金と労力の無駄だわ。オスティン家のご令嬢も、今日のうちに尻尾を巻いて逃げていくに決まってるんだから」

「でも……」

「それにわたしたちは――あの方に仇をなす人間を許さない。あなただって同じでしょう？」

交わされるやり取りを、私は途中から聞いていませんでした。意識のほとんどは、今や目の前のお屋敷に向いていたのです。

なぜかエイミーさんは反対されているようですが、私にとっては願ってもないこと。早くこのお屋敷を探検したくて、わくわくと心は弾んでいます。

どうやら話は済んだようで、メイド長さんが私に声をかけてきます。

「わたしたちは忙しいので、これにて失礼いたします」

はい。何から何まで、ありがとうございます！

私は謝意を込めて、深く頭を下げました。メイドさんたちは口元に手を当ててくすくす笑いながら、来た道を戻っていきます。

エイミーさんだけは、しばらくそこに残っていましたが……ジタさんに「エイミー！」と呼ばれると、俯きがちにあとを追いかけました。

その場にひとり残された私は、改めてお屋敷を見上げます。

高いヒールの靴を履いたことで、ふくらはぎはぱんぱんです。緊張しっぱなしだったせいか気疲れもしています。

でも、このお屋敷をさっそく見てみたい、という好奇心のほうがずっと勝っていました。

なにせ私は、今日から一国一城の主。お城のことを隅から隅まで把握するのは当然のこと……なんて、ちょっと調子に乗りすぎかもしれませんが。

それでは、まずは屋内から見てみましょう。

頂戴した鍵を使うと、ドアは軋みながらも内側に開きます。私は胸を高鳴らせて、それぞれの部屋を回っていきました。

見たところ、窓も床も家具も埃だらけ。あちこちに蜘蛛の巣が張っています。

天井や壁には染みがあり、罅《ひび》が入っているところもありました。雨漏りして、水浸しになっている箇所もあります。そのあたりは床板も腐っていますね。

ふむ、ふむふむ……内側からも外側からも建物を確認して、だいたいのことが分かりました。

全体的に建物の老朽化は、かなり進んでいるようです。長年住んでいる方がいないようなので、建物が傷むのは仕方ありません。

でも、毎日せっせと修理と補修をしていけば、住む分には困らないでしょう。部屋数が多いので、使用頻度の高い部屋から着実に取り組んでいくべきですね。

庭の井戸は枯れておらず、汲み上げた水を飲んでみても変な味はしませんでした。屋敷前を流れる小川の水も透き通っています。

清潔な水の確保についても問題なし。人間、水さえあればしばらく生きていけるものだというのは、今までの暮らしで学んでいます。

となると——当座の問題はごはん。

小川では小魚が泳いでいますが、大きな魚影はなし。お城に近づかないよう川を遡っていけば、釣り場所が見つかるかもしれません。森の全容が分からないので、これは明日以降に確認しましょう。

となると次に意識が向くのは、庭にある荒れ果てた畑です。まばらな煉瓦に囲われた畑は雑草が伸び放題で、使われている形跡はありません。つまり、私が使っても問題ないはず……。

幸い、いざというときのためにお野菜の種をいくつか持参していますので、これが役立ちそうですね。

私は周囲をさらに細かく観察していきます。庭の隅で発見したのは、錆びついたシャベルです。勝手に使うのは忍びないですが、お城で働く方々にお伺いを立てるのは難しいのでこっそり借りちゃいましょう。

屋敷内にあった男物の手袋もお借りして、まずは畑の表面を覆う雑草を根から掘り返しつつ引き抜いていきます。ぶち、ぶちぶちぶち……。

あっ。抜いた草の中に、腫れに効果のある薬草を見つけました。葉を炙って患部に当てると腫れが引くので、あとで足首に貼っておきましょう。

あらかた雑草を抜いたところで、次はシャベルで畑を掘り返していきます。小石が多くて硬く乾いた土ですが、根気強く石を取り除きながら耕し、なるべく土を柔らかくします。

夜になっても温度は下がらないと見て、今のうちに手持ちの種は蒔いておきました。土を被せて、少量の水を与えます。

見たところ地味《ちみ》は痩せていますが、日当たりもいいですし、水はけのいい畑のようです。きっちり雑草を抜きましたし、これなら野菜畑として機能するはず。

でも、お野菜が育つには相応の時間がかかります。一か月くらいあれば、いくつかの野菜は食べられるまで育つでしょうが……私は今日からごはんが食べたいのです。

しかし私には持ち合わせがありません。屋敷内の調度品を勝手に売るのは、それこそ論外。となると、残された選択肢は飢え死……いえいえ。ここはがんばって、生き残る道を模索するべきでしょう。

大丈夫、と私は自分を鼓舞するように両の拳を握ります。

私は今まで、基本的に自給自足で生き延びてきました。お母様の機嫌がいいときは、冷えた食事の残りを食べさせていただくこともありましたが、そんなことは稀でした。

貧しくても生き残るための術を私は知っています。ですから、諦めるつもりはありません。ジタさんは、お城には近づかないようにとおっしゃいました。裏返せば、森の範囲くらいであれば好きに出歩いていいということです。

さっそく私は食料を見つけるため、森の中を歩いてみます。城の方角が目印になりますし、見たところそう深い森ではありません。少しくらい歩き回っても迷うことはないでしょう。

見覚えのない植物は、この地でしか育たない種なのでしょうか。あちこちに視線をやりながら歩いていると、地面に落ちている大きな果実を発見しました。

「！」

顔を上げてみて、はっとします。森の一角に、立派なオレンジの木が生えていたのです。枝が伸びているので、人の手を借りずに育ってきた果樹なのでしょう。緑の枝葉の合間からいくつも顔を覗かせるオレンジの実に、私は目を輝かせます。

お屋敷に梯子はありましたが、今は持ってくる手間が惜しいです。私は低い位置に生っている実を、背伸びしてひとつだけ採ってみます。見たところ傷んでいませんし、病害虫にもやられていないようです。

川で軽く洗って、とりあえず薄皮ごと口に入れてみます。

「～～っ」

それだけで私はじたばた、悶絶しそうになりました。

あ、甘い……っ。おいしいですっ。口の中いっぱいに、オレンジの甘みと爽やかな酸味が広がります。自分で思う以上に空腹だったのと、喉も渇いていたようで、私は一個のオレンジをぺろりと平らげてしまいました。

オレンジの木を見つけられたのは幸運でした。籠の代わりに広げたスカートに、いくつもの実を収穫していきます。

すぐ近くには、甘酸っぱい黒ベリーを実らせた低木も生えていました。もはや生き残れといわんばかりの好待遇です。飢え死にを覚悟したりもしましたが、こんなに恵まれていては命を落とすほうが至難の業ですね。

そうして夢中になって森の中を行ったり来たりしているうちに、西の空が暗くなり始めていました。

公爵城の敷地内に肉食の獣が出ることはないでしょうが、ランプの持ち合わせもありませんし、そろそろ引き上げたほうが良さそうです。

風が出てきて、頭の上でざわざわと梢が揺れています。スカートを広げた私は屋敷への帰路につきながら、強い確信を抱いていました。

間違いありません。ギルバート・クラディウス公爵様は、とっても、とっても――いい方です。お金目当てで現れただけの私に、こんなに素敵なお屋敷を与えてくださったのですから。

私は、世界一幸せな花嫁です。

新たに始まる日々の予感に、私は頬がにやけるのを止められませんでした。

◇◇◇

「どうですか、初めての花嫁は」

執務室で、溜まっていた書類仕事を済ませたあと。

出し抜けに問われたギルバートは、思わずスウェンを見つめた。

二十一歳のギルバートより三歳年上のスウェンは、色の薄い金髪に緑の目の持ち主だ。容色が優れており、出世頭というのもあって異性からよく声をかけられるが、すでに二児の父親である。

目が合うだけで数多の女子どもが泣きだしてきた、ギルバートのすごみがある双眸にもスウェンだけは怯まない。ギルバートが赤子の頃から従者として仕え、今では風狼騎士団の副団長を兼ねる彼も、出会った当初は少なからずギルバートへの畏怖や警戒心を抱いていたが……むしろ最近は、遠慮がなくなってきた。

「なぜ、そんなことを聞く」

それでも今までスウェンが、こんな質問をしてきたことは一度もない。少なくとも、ギルバートが記憶する限りは。

あくまで無感情に返すギルバートだが、スウェンは微笑すら浮かべている。

「こうして挙式まで漕ぎ着けた方自体が初めてですし……どこか、普段とは団長の様子が違うように見えましまして。僕の気のせいかもしれませんがね」

やはりスウェンは鋭い。分厚い鉄面皮の下でギルバートが少なからず動揺していたのを、彼だけは読み取っていたようだ。

だが、答えを返すのはなかなかに難しかった。ギルバート自身が、メロディ・オスティンという出会ったばかりの令嬢を測りかねているからだ。

執務机に肘をついたギルバートは、小声で言う。

「……あれは。今までの女とは、うるさいの方向性が違う」

「はぁ。方向性、ですか」

よく意味が分からなかったようで、スウェンが目を丸くする。

――スール国内では、まことしやかに囁かれる噂がある。

クラディウス家には諜報を担当する精鋭部隊が存在しており、彼らの暗躍によってクラディウス公爵は国内のいかなる情報にも精通している。反意を抱くだけでも公爵の耳にすぐさま情報が入り、容赦なく処刑される。公爵が知らぬことなど、この世の中にひとつもない……というものだ。

事実は違う。隠された諜報部隊など存在しない。ギルバートが行使しているのは、彼の持つ特別な能力――クラディウス家に伝わる異能である。

東西南北それぞれの地を護る四大公爵には、隠された秘密がある。それこそが異能……彼らにだけ許される、超常の力だ。

たとえば治癒に、呪術の異能。そして北領を守護するクラディウス家の当主は、他人の心を読む異能を持つ。

ただし生まれた子の全員が能力を引き継ぐわけではなく、異能を持って生まれた直系の子だけが当主に選ばれてきた。事故や病気、異能を持つ子が幼すぎるなど、他にも様々な事情によって別の者が爵位を引き継ぐことはあったが、それはあくまで一時的な措置に過ぎない。これらは代々、国王と四大公爵が共有する秘密だが、ギルバートの場合はスウェンにだけは明かしていた。

――相手が人間だろうと魔物だろうと例外なく、ギルバートは相手の思考を声として読み取ることができる。

彼の能力は歴代公爵の中でも最強と目されていた。心身の状態にもよるが、一度に百以上の心の声を聞き分けることができるからだ。

魔物は能力によって知能差があるが、ごく一部の魔物は人の言語すら使いこなす。彼らが次にどう動こうとしているのか。何を狙っているのか……それが事前に分かれば、もはや奇襲は奇襲たりえない。ギルバート率いる風狼騎士団が魔物の侵攻を許さず勝利を収め続けているのは、この異能あってこそである。

だが強すぎる異能は、幼い頃から彼の身と心を苛んできた。ギルバートの異能は自身の意思で切り替えができないのだ。周りに自分以外の他人がいる限り、その心の声はギルバートの中に垂れ流しにされる。聞きたくないと拒絶しようと無駄なことだった。それこそ彼の頭が割れようとも、異能の発動が止まることはないだろう。

この異能ゆえに、帰城したギルバートは人を寄せつけない。公爵城の最上階にある執務室や書斎への入室を許されているのはスウェンだけで、そのスウェンさえも寝室に入ることは禁じられている。ギルバートが誰よりも静けさを求めるのは、彼がこの世に生まれた瞬間から静寂とは無縁の人生を余儀なくされているからだ。

（それにしても。まさか国王陛下が俺の結婚に、あそこまで口出ししてくるとは）

はぁ、とギルバートは大仰なため息をつく。

国王の気持ちは分からないでもない。異能を引き継いで生まれる子はただでさえ稀だ。ギルバートの先代公爵は、彼の曾祖父である。つまり曾祖父の代からギルバートの代までに、異能を持つ子はひとりも生まれなかったのだ。

ギルバートは壮健な若者で、本来であれば結婚を急ぐような年齢でもないが、国王は貴重な異能が途絶えるような事態はなんとしても避けたいのだろう。両親は亡くなり、兄弟のないギルバートなので、クラディウスの異能を頼りにしてきた王族が焦るのは当然である。

（もう誰とでもいいから子どもを作ってくれ、とまで言われては気分が悪かったが）

国王にそんな意図はなかったとしても、これでは種馬扱いも同然だ。

ギルバートはうんざりしながら、半ば諦めと共に花嫁募集の触れを大々的に出すことにした。

クラディウス家は仮にも北領を治める公爵家である。平民でも筆頭公爵家の夫人になれるとあれば、応募が殺到する——わけもなく、今日初めての応募者がようやく現れた。

それが十人目にして初めての花嫁、メロディ・オスティンだ。

（あんなにやかましい女は、生まれて初めてだ）

そもそもメロディは一言も喋っていなかったのだが、ギルバートにとって何よりも奇異なのは、声を持たないという彼女の心の声だった。

ギルバートを前にしておべっかを使う女は、いくらでもいた。公爵城にやって来た九人の花嫁候補も、例外なくそこに当てはまる。

最初はギルバートも哀れに思っていた。国王に持ちかけられた縁談では、彼女たちの立場では断ることはできないからだ。

だが名前しか知らない彼女たちの存在は、この上なくギルバートを陰鬱な気分にさせた。

口先では素敵だ、勇ましいなどとギルバートを褒め称え、作り笑いを浮かべて取り入ろうとしながら、そこに真実はひとつとしてなかった。胸の内では震え上がり、怪物公爵にいつ喉笛を掻き切られるかと戦々恐々とする様は哀れだった。

若い娘が持つ激しい感情の嵐は、ギルバートを翻弄した。化粧で整えた皮膚の下で、彼女たちはギルバートを激しく詰り、恨み、嫌悪し、侮蔑し、血が通っていない冷血漢だと恐れる。同じ空間にいるだけで、それらの感情に当てられたギルバートは吐き気が堪えられなくなるほどだった。

分かりきっていたことではある。魔物を屠り続ける残虐非道な男を受け入れる女性など、ひとりもいない。そんなこと、誰に諭されずともギルバートは理解している。

彼女たちに比べると、まだ魔物の相手をするほうがマシだった。ギルバートへの殺意だけが満ちる空間は記号的で、心地いいものだった。そのせいで、ここ最近は砦に赴く回数も期間も右肩上がりになっている。

——だが、あの少女は。

メロディ・オスティンは、何もかも違っていた。

(なんなんだ、あれは。喋れないのは分かったが、心の中は美しいだの凛々しいだの、かっこいいだの——俺への美辞麗句だらけ。さっぱり意味が分からん)

あんな人間に、ギルバートは今まで出会ったことがない。

スール国に住まう人間に、怪物公爵の恐ろしさを知らぬ者などいない。それなのにメロディの表情や心にギルバートへの恐れはなく、取り入ろうとする気も皆無だった。

ただ、のほほんと笑って、子どものように顔を真っ赤にして、ときどき慌てふためいて身振り手振りで何かを示そうとする。やや挙動不審ではあったが、そこに害意はみじんもなかった。

声を持たないということは、口先で本音を誤魔化して怯えを和らげる術すら持たないということだ。取り繕えない心の中には、いっそうギルバートへの恐怖が溢れてもおかしくないはずなのに……。

(異能の調子が悪い、なんてことはないだろうが)

考え事に耽っていたギルバートは、そこでふと顔を上げる。

いつもならこのあたりで、よく気がつく従者が思考の海に沈むギルバートを引き戻してくれるのだが――スウェンは腕を組んだまま、何やらぼうっとしている。

「スウェン？」

名前を呼ぶと、スウェンは正気づいたようだった。

「いえ。すみません。男爵令嬢……奥様の珍しい髪色が、少し気に掛かっていて」

「あの水色の髪か。それは俺も気になっていた」

このあたりでは、滅多に見ない色である。どこかで見たような覚えがあるのだが。

(スウェンも気にしているということは、一緒にどこかで見かけたのか？)

心の中を、たまに本人も見逃すような無意識の思考や発想が漂うことは珍しくない。だがスウェンは髪色の考察を諦めて、すぐ別のことを考えだしていた。

(『それにしても団長の様子は、やはりいつもと違うな。うるさいの方向性、というのは意味不明だけど、少なからず奥様に興味を持っているんだろう。奥様も他の令嬢たちのように、すぐに城を出ていかなければいいけど……うーん、どうだろうな』、か。やはり、異能に異常が出ているわけではない）

いろいろ的外れなことを思ってはいるようだが、スウェンの心の声は問題なく読み取れる。

それはいいが、とギルバートはスウェンを睨めつけた。

「おい、奥様というのはやめろ」

聞き慣れないその響きは、どうにも据わりが悪いのだ。それを聞いたスウェンは、はて、とわざとらしく小首を傾げる。

「やめろも何も、奥様は奥様でしょう。団長、ご結婚されたんですから」

「俺は結婚などしていない」

「どんな照れ隠しですか。あ、言い忘れてましたがご結婚おめでとうございます」

「やかましい」

ギルバートは舌打ちして黙り込む。

結婚式や書類の提出は終えたものの、自分が結婚している、という認識はギルバートには皆無だった。おそらくメロディも同様だろう。

（結婚式をやると言えば、さっさと逃げると思ったのに……）

やはりメロディはずいぶん奇特な少女のようだ。だからといって、何かが大きく変わるわけではないが。

「スウェン。あれが離婚を申し出たら、すぐ受理するよう使用人に伝えておけよ」

「……一応、伝えてはありますが」

「それどころか、尻尾を巻いてとっくに逃げだしているかもな」

冷たく笑うギルバートに、スウェンはこれ見よがしに嘆息するのだった。

第三章　公爵様をお茶会にご招待します

挙式から十日後のこと。

今朝も私は、畑いじりに励んでいました。

温かくて柔らかな土のにおいを胸いっぱい嗅ぎながら、目につく雑草を引き抜き、錆びついた如雨露で水をあげていきます。小さな畑に虹ができれば、ほっこりしてしまいました。

野菜は順調に育ちつつあります。この様子であれば、ラディッシュは数日後には食べられそうです。人参やトマトは、まだまだ時間がかかりそうですが……お日さまの光を浴びて生き生きと生長していくお野菜を観察するのは、楽しいものです。

肩をうきうき揺らしながら水をあげ終えたところで、玄関のほうから物音がしました。

私は額の汗を拭きがてら、立ち上がります。畑から玄関にたったと早足で回ると、ドアの前には紙袋が置いてありました。

しゃがみ込んで中を覗いてみます。紙袋に入っていたのは、たくさんの卵でした。

「！」

ひとつずつ指さして数えてみると、なんと十個も。硬い殻に触れてみると、まだ温かいです。鶏が今朝産んだばかりの卵のようです。

どなたからかは分かりませんが、贈り物をしていただくのはこれが初めてではありません。最初は塩、次はお芋、その次は砂糖……というように、数日おきに私のもとには貴重な物資が届けられていました。私が生き残れているのは、そのおかげといっても過言ではありません。

命の恩人さんにお礼を伝えたくてきょろきょろ見回してみても、目にも鮮やかな緑の森の中に、人の姿はありません。これもやはり、いつものことです。

がっかりしますが、あることに気づいた私は微笑んでしまいました。

今日はお返しに、とあるものを玄関前に置いておきました。それがなくなっているということは、恩人さんが持っていってくださったのでしょう。迫ってくる私の足音に気づいて、そうするしかなかったのかもしれませんが。

用意していたのは、瓶詰めにしたオレンジマーマレードと、黒ベリーのジャムでした。塩と砂糖をいただけたおかげで作れたものです。我ながらいい出来映えで、ぜひ恩人さんにも食べてほしかったのです。

姿の見えない恩人さんと鶏たちに向けて、私は深く頭を下げます。ありがとうございます。卵、大事にいただきますねっ。

私は重さのある紙袋を胸に抱えて、食料庫に向かいます。気分はうきうきでしたが、足取りを弾ませると卵を落として割ってしまうかもしれないので要注意です。

今のところ材料が限られているので、料理……と呼べるほどのものはできないのですが、卵があると胸が躍ります。焼いても茹でても煮てもおいしい卵は、お芋と同じく万能食材です。

今度のお礼には、何をご用意しましょう。卵を使ったお菓子とかが良さそうですが……恩人さんは、どんな味つけのものをお好みでしょうか。

それにしても、恩人さんの正体は公爵様——では、ありませんよね。公爵様は結婚式の翌日には、再び城を出るとおっしゃっていました。お城の方向は今朝もひっそりしているので、留守が続いているはずです。

だとすると、どなたが……と考えてみても、答えは出ません。

それに、その方は名乗る気もないようです。いずれきちんとお礼をお伝えしたいですが、私が正体を探るのは無粋というものですね。

畑仕事をしてお腹も空いたので、私は朝ごはんの支度をします。

今朝のうちに火かき棒で埋み火を熾した竈《かまど》で、フライパンの底を温めます。植物から搾った油を一回しすると、卵を割り入れました。

塩を少々、井戸から汲んだ水を入れて蓋をすると、できあがるまでの間に野草とオレンジで簡単なサラダを作ります。野菜が育ってくればバラエティに富んだ食卓になるはずなので、そのときが楽しみです。

蒸らした目玉焼きの黄身が桃色に染まったところで、フライパンを竈から外します。

食堂のテーブルにお皿を運んで、手を合わせてから切り分けた目玉焼きを口に運びます。久しぶりに食べる卵のおいしさを、私はじっくりと味わいました。新鮮食材たっぷりのオレンジサラダも、いい感じですね。

この十日間で、屋敷内はかなり片づいてきました。厨房、居間、寝室を始めとして、玄関付近もきれいにしておいたのは、お客様がお越しになっても困らないためです。残念ながら、今のところどなたかがいらっしゃる予定は皆無なのですが……。

所々、ひび割れた壁は木から絞った糊を使って接着しました。雨漏りする屋根にも梯子で上ってみましたが、素人が変に手を出すと穴が広がりそうだったので、応急処置として床にバケツを置いています。

食事が終わったあとは、朝昼晩欠かさずの祈りを捧げる時間です。

目を閉じて両手を組んだ私は、北方山脈の方角に向けて祈ります。

公爵様が、風狼騎士団の皆様が、どうか今日もご無事でいらっしゃいますように……。

小さく息を吐いて祈りを終えると、膝に手をやって立ち上がります。

さて、次はお洗濯をしましょう。

今日の釣りは、夕方からの予定です。涼しくなると、魚が岩陰からそろそろ出てくるのです。夕食の内容を充実させるために、できれば二匹は釣りたいところですね。昨日はボウズでしたので、今日は負けません。

表の掃き掃除もしたいですし、家の中の修理も進めなければ。衣装棚に余っていた布を使って、タオルやハンカチも増やしておきたいです。どんなにあっても困りませんから。

それに、新しく服を作ってみるのもいいですね。まずは型紙から作らなければ。もともとお屋敷にはいろんな道具が揃っているので、街に出られなくてもそんなに不便ではありません。

私は気がつけば、今日の予定を指折り数えてにこにこ笑ってしまっていました。

このお屋敷では数えきれないくらい、やることがたくさんあって——でも、自分のやりたいことだけをやる生活は気ままで、自由で、とっても楽しいのです。

◇◇◇

今回は比較的短期間での遠征だった。

飛行型の魔物も少数だが混ざっており、投石機や弩《いしゆみ》がよく機能した。その改良点を頭の中でまとめつつ、ギルバートは風狼騎士団長としての思考を重ねている。

（死者がひとりも出なかったのは僥倖だった。しばらくは崩れた砦の補修を進めさせて……そうだ、新人を実戦配備に向けて鍛えないとな）

ギルバートは専用の風呂場で、汗と血のにおいを洗い流す。斥候から連絡があればすぐ北方山脈へと引き返す彼にとって、入浴はあくまで身体の汚れを洗い落とすためのものであり、長湯することはない。

だが、今日は魔物以上に彼の心に引っ掛かるものがあった。公爵城に戻ってきたときの、門番の心の声だ。

(『そういえばあの子、まだ』……だったか)

人の思考というのは、基本的に理路整然とはしておらず、断片的な独り言のほうがよっぽど多い。ぼんやりしていて、そもそも思考をしていないときもある。

ギルバートは具体的な質問をしようか数瞬だけ悩んだが、何も言わず門番の前を通りすぎた。

先週は容姿を褒めちぎるメロディに圧倒され、思わず『黙れ』なんて言い放ってしまったが、常日頃のギルバートは自身の異能を悟られないよう細心の注意を払っている。同じような失態を数日のうちに重ねるわけにはいかなかったのだ。

だが城内でも、常よりなんとなくざわついた心の声があちこちから聞こえてきた。

(『いいわよね』『別に気にしなくても』『仕事仕事』『関係ない』『でも』『まだ』『ジャム……』)

判然としない声を拾い集め、その意味を考えようとしたところでギルバートは我に返った。

(何をつまらないことを気にしているんだ、俺は)

あの子、という頼りない響きが妙に気に掛かったなんて馬鹿げている。水に濡れた銀髪を掻き上げて、ギルバートは重く息を吐いた。

風呂から上がり、シャツとズボンだけを着て浴室を出ると、すぐの廊下にスウェンの姿があった。

「スウェンか。どうした」

　副団長である彼は、いつも他の騎士たちと共に騎士団舎の風呂場を使っている。身ぎれいにしているが心持ち暗い顔をした従者の心の声が、ギルバートに流れ込んでくる。

（『奥様が……』）

　ギルバートはぴくっと眉を上げる。

　どうやらスウェンはメロディのことで、何か報告があって来たらしい。

　彼女のことを気にしていたと認めるのは癪だが、好都合ではある。そんな認識も手伝って、ギルバートは皮肉を口にしていた。

「あの娘との離婚でも成立したか。それとも部屋に引きこもっているか、後先考えず逃げだしでもしたか？」

　気の置けない相手であれば、心を読むよりも質問と会話を重ねたほうが早いと経験則で分かっている。

　するとスウェンは苦々しい面持ちで告げた。

「それが、現時点で奥様が公爵城を出たという報告は上がっていません」

　ギルバートは眉根を寄せる。やはり門番の心の声は、城を出るメロディの姿をまだ確認していないという意味だったようだ。

「では、まだ城内に？」

どうせ引きこもって泣き暮らしているという話だろう。興味なさげなギルバートに、スウェンは首を横に振る。

「いいえ。奥様はどうやら、ひとりで離れに住まわれているようです」

「――、」

ギルバートは愕然とした。

その単語が、ギルバートの心の奥底を否応なしに刺激する。

――時折、風に乗って聞こえてくる明るい笑い声。窓を開けておくのもいやになって、耳を塞いで座り込んだ冷たい床……。

「……あの、ボロ屋敷に？　なぜだ？　とても人が住めるような状態ではないはずだ」

第一、メロディはあの屋敷の存在を知らなかったはずだ。どうやったら彼女が、あそこに住むようなことになるのか。

「メイドたちの判断でしょうね。彼女らは団長への忠義に厚いですが、それゆえにクラディウス家にやって来る女性を好ましく思っていませんから」

「いやがらせで、あれを離れに追いやったと？」

「そういうことになりますね。目撃情報も十日前で完全に途絶えています。ただ、さすがに閉じ込めたということはないはずで――」

スウェンはまだ言葉を続けていたが、ギルバートはその横をすり抜けていた。

「団長っ？」

スウェンの焦り声と足音が追ってくるが、振り向かない。

スウェンに屋敷を見にいかせ、報告を待つこともできた。むしろ無駄や面倒を嫌う普段のギルバートなら、そうすることを選んでいただろう。だが今は、そんな選択肢すら思いつかなかったのだ。

コートもベストも着用せず城内を早足で進むギルバートに、すれ違う使用人たちが慌ててお辞儀する。だがギルバートの頭の中は、ひとつのことでいっぱいだった。

（まさか、本当に？　あの離れで、たったひとり……十日間も？）

ギルバートの心臓がどくどくと騒ぐ。獰猛な魔物を前にした瞬間よりも、ずっと速く。

貴族というのは、程度の違いはあれど他人に世話をされて生きている。自分では服の着方も分からないような、生活能力皆無の貴族も少なくはない。

それが敷地の外れにある古びた屋敷に追いやられ、使用人のひとりもなく、食事も与えられず、そんな環境で生き残れるはずがない。

（つまり、すでにメロディ・オスティンは……）

最悪の想像が頭の中を駆け巡る。

スウェンはみなまで口にしなかったが――メロディは、とっくに死んでいる可能性が高い。

風に遊ばれる、長い水色の髪。世間を知らない幼子のようにギルバートを見上げていた瞳。

呆れるほど無垢で純粋な少女が、ギルバートの目蓋の裏で冷たい骸となって横たわっている。

心のどこかで、別に構いやしないと思う。名ばかりの貴族家の娘が、逃げだす知恵すらなく死んだだけだ。哀れであっても、ギルバートが気に病む必要はない。

だが、ギルバートは知っている。声を持たないメロディの心の中を、彼だけは余すところなく覗いたのだから。

『それでも帰る家がない私は、このまま追いだされるわけにはいきません』――そう、メロディは胸中で寄る辺なく呟いていたではないか。

(俺は、それを聞いていた。知っていたのに)

結婚に憂鬱な気持ちしかなかったから、ギルバートは形だけの挙式を済ませてそんなメロディを放置した。妻として扱わずに投げだした。ギルバートがメロディを軽んじれば、使用人も主人に倣って彼女を冷遇する。そんなことは分かりきっていたはずなのに。

焦燥感に突き動かされるまま、ギルバートは森に入る。自分が今や全力で疾走していることすら気づかないままに。

記憶にある屋敷への道を辿る。足元をさらさら流れる小川。枝葉が風で揺れる音。やがて記憶にあるのと変わらない古い屋敷の屋根が見えてくれば、肩で息をしながらギルバートは立ち止まる。

屋敷の前には、ひとりの少女の姿があった。

ただし冷たい骸に成り果てていたわけではない。

「――は？」

ギルバートは呆然自失して、目の前の光景に目を奪われる。

小鳥と戯れているのは、美しい少女だった。

きらめくような午後の陽光に照らされて、結われていない長い髪が青空を踊る。

ぱっちりした二重の目は蕩けるように細められて、華奢な肩に乗る小鳥を愛でている。

声もなく歌を奏でているのか。花びらのような唇が何度も開き、閉じて、綻ぶ。声を持たない歌い手を歓迎するように、小鳥たちが楽しそうに囀る。

瞬きすら忘れて、ギルバートはその光景に見入る。

目が離せなかった。

人を美しいと思ったのは、生まれて初めてのことだったから。

骸になるどころか、十日前の朧げな記憶にあるより少女には生気が満ちていた。

目を離せば消えてしまいそうな繊細さは変わらないが、青白かった頬は薔薇色に輝き、肌には張りがある。乾いていた唇は瑞々しく艶めいている。肉がつかず痩せてはいても、大地を踏みしめる両足には力があった。

そうして、生き生きと躍動する肢体に見惚れていたギルバートだったが――いつの間にか、メロディが継ぎ接ぎだらけのスカートをたくし上げている。

一瞬、ギルバートは理解が遅れた。淑女はおおっぴらに脚を見せないものだ、という世間の常識を覆すかのように、まぶしいほど白く細い両足が露になっている……。

「……ごほん」

後ろでスウェンがわざとらしく咳払いし、目を逸らす。

その瞬間、ギルバートは正体の分からない感情に突き動かされ、思わず叫んでいた。

「――メロディ・オスティンッ！」

◇◇◇

昼食のあと。私は家の周辺を、せっせと箒で掃いていました。

ぴちち、と軽やかな囀りが風に乗って聞こえてきて、顔を上げると、伸びきった枝に白い羽の小鳥たちが止まっています。こちらをじっと様子見していますが、近づいてはきません。

私は、鳥とお話しすることはできません。でもときどき、彼らの気持ちが伝わってくるような気がします。今はそう……食べ物をくれ、と言っていますね。きっと。

私は玄関脇に箒を置くと、厨房で生のお芋をナイフで細かく刻みます。

それを庭先にばら撒いてやると、最初は警戒する小鳥たちでしたが……一羽が地面に下り立てば、競うようにやって来ます。

地面に転がるお芋の欠片は、次から次へと啄まれていきます。

私の右肩と左肩にそれぞれ止まってきた小鳥が、ちちち、と一生懸命に鳴き交わします。同じようにはできないけれど、私も歯の後ろを舌でつつくようにして、ちちち、と鳴く真似をしてみます。

彼らは、孤独な私にいつも寄り添ってくれました。夜に鳴く虫の声、お喋りする小鳥の声。音色を持たない私でも、彼らの奏でる音楽を聞けば笑顔を思いだすことができました。

お芋のお礼を言っているのかと思いきや、一羽の小鳥は私の耳たぶを何度も引っ張ってきます。むむっ。ありがとうではなく、もっと寄越せと言っていたのですね。

それならこちらも、もう出し惜しみはしませんよ。私は、ポケットに隠していた残りのお芋を取りだします。

かなり量があるので、まずはたくし上げたスカートの上に放ってから、端っこを勢いよく持ち上げてお芋を飛ばします。これなら力のない私でも、遠い位置まで効率よく飛ばせますからね。私を囲むように集まる小鳥たちみんなが一口ずつは食べられるように、スカートをばさばさ動かします。

ほーら、お食べ。遠くにいる子も、ちゃんとお食べ。

元気よくお芋をつつく小鳥たちから、私は視線を遠くに飛ばします。

うふふ。蒸れやすいスカートの中にもしっかり風が感じられて、今日は本当に気持ちのいい日……。

「――メロディ・オスティンッ！」


ひゃいいいいっっ。

そんな穏やかなひとときを切り裂いたのは、力強い怒声でした。

私と戯れていた小鳥や、お芋をつついていた小鳥たちが、一斉に空に羽ばたいていきます。

私はといえば、びっくりして直立不動のポーズを取ったまま固まっていました。こんなに迫力のある声で名前を呼ばれるのは、初めての経験でした。お母様の大声なんて、目じゃないくらいです。

全身を緊張させたまま、恐る恐る振り向きます。

そこには、顔を赤くしたシャツ姿の美丈夫が立っていました。

「？　……？」

あ、あれは公爵様、ですよね？

後ろにはスウェン様がいらっしゃるので、どうやら公爵様で間違いなさそうです。

でも、なぜ、どうして、と私は混乱します。混乱しつつ、とりあえずきちんと挨拶だけはしなければと丁重に頭を下げました。

お帰りなさいませ。公爵様たちが遠征から無事戻られて、何よりです。

全身全霊の思いを込めたつもりでしたが、顔を上げると、公爵様はさらにまなじりをつり上げていらっしゃいます。

「どういうつもりだ、お前――」

戸惑う私でしたが、数秒遅れて自分の不手際に思い至ります。どうして公爵様が出会い頭にお怒りなのか、その理由にも。

そうです。そうでした。

遠征から戻られてお疲れでしょうに、公爵様はこうして私のもとを訪ねてくださいました。そんな公爵様をこうして外にいつまでも立たせておくのが、正解なのか？　いえ、もちろん不正解です。それどころか、礼儀にも人道にももとる行為です。

というわけで――こうしてはいられません。急いで接待の支度をしなければっ。

私はスカートの裾を翻して、公爵様に背を向けます。脇目も振らず小走りすると、なぜか怒りに満ちた公爵様の声が後ろから追ってきました。

「おい。なぜ逃げ……待て！　逃げるな！　メロディ・オスティン！」

いえっ。私は決して、逃げているわけではありませんのでっ。

大股で追いかけてくる公爵様の声の大きさに驚きつつ、私はお屋敷に駆け戻ります。お客様を前にドアを閉めては失礼に当たるので、玄関は開けっ放しにして厨房へと向かいました。

まずはお湯を沸かす間に、茶葉の準備をします。もうお客様はいらっしゃっていますから、てきぱき手際よく動かなければなりません。

公爵様たちは、すぐに追いついてきました。居間で立ち止まっているようです。私が厨房からひょこっと顔を出すと、室内を見回す公爵様はどこか呆気に取られているようでした。

「……なんだ、これは」

私はにこにこ微笑んでしまいます。

これはですね。何を隠そう、お茶会の場なのです。どなたがお見えになってもいいように、いつだって準備はばっちり済ませてありました。

二階に余っていた白のカーテンは、繕って刺繍を施したテーブルクロスに。森で摘んだ色とりどりの花は花瓶に挿し、テーブルに飾ってあります。

椅子は三つありますが、そのうちのひとつは折れた脚を修復中です。でも二つあるおかげで、公爵様とスウェン様に使っていただけます。汚れた壁を拭き、床は磨き、お掃除についても万全です。

大きな窓から採光できる居間は、この屋敷の中でいちばん明るいお部屋です。今日はまさに、お茶会日和の素敵な日ですね。

さぁさぁ。お二方とも、どうぞおかけください。すぐにお茶とお菓子の準備をしますので、もうしばらくお待ちくださいませ。

「……団長」

スウェン様が、公爵様に目配せされます。

公爵様は物言いたげに口を開きますが、何も言わずむっつりと唇を閉じられます。空いた席には腕組みをした公爵様と、遠慮がちなスウェン様が着席されました。

「どうやら、我々を歓待してくださっているようですね」

公爵様の隣の席で、スウェン様がぼそりと呟かれます。

そうです、その通りです、これはお茶会なのです、と私は激しく首を縦に振って肯定します。声を持たない私の意思や気持ちは、なかなか相手の方には伝わりません。せっかくスウェン様が与えてくださった歩み寄りのきっかけを、無駄にするわけにはまいりません。

沈黙されている二人を残して、私は再び厨房に。

ポットとカップに湯通ししてから、ポットに茶葉とお湯を入れて蓋をします。茶葉を蒸らす間に、お皿を出してお菓子の準備を進めます。

一通りの支度ができた私は、銀のトレイを持って居間へと戻りました。

お二人の前のテーブルにカップを置き、お茶を注ぎます。ポットからとぽとぽと注がれるお茶に、公爵様は奇妙なものを目にしたように眉間に皺を寄せています。

カップを引き寄せた公爵様は、唇を曲げていました。

「なんだ、この変な色の茶は」

確かに、真っ茶色で変わっていますよね。こちらは薬草茶です。

きっと公爵城では、普段からいい茶葉を使っていらっしゃることでしょう。でもこの薬草茶にも、すばらしい効能があるのです。心身の緊張を和らげ、穏やかにしてくれるのです。

お母様にもお出ししたことがあるのですが、ちょっと癖のある味なので、こんなもの飲めるかと投げつけられてしまいました。

でも、私はとても好きなお茶です。公爵様にも気に入っていただけたら、こんなに嬉しいことはありません。

お茶請けに用意したのは切ったオレンジと、お芋を蒸かして、マーマレードをトッピングしたお菓子です。意外な組み合わせに思えるかもしれませんが、これがけっこういけちゃうのです。

……いえ、本当は自分でも分かっています。これをお菓子と言い張るのは無茶というものでしょう。

小麦粉やバターがあれば、ケーキやビスケット、軽食のパンなんかをお出しすることもできたのですが――なんて、ないものねだりはよくありません。お芋だって、恩人さんからのいただきものなのですから。

というわけでお二方とも、どうぞご賞味あれ。トレイを胸に抱えた私は、そんな思いで見つめるのですが……公爵様は喉の奥で唸るように言われます。

「いい」

……え？

「俺は、帰る」

短く告げると、公爵様が乱暴にテーブルを叩いて立ち上がります。

その弾みに、でした。彼の前のカップがぐらりと傾き、あっ、と思う間もなく――湯気を立てる薬草茶が飛び散り、公爵様の左手に降りかかっていました。

「ッ」

「団長！」

公爵様がわずかに顔を顰め、スウェン様が顔色を変えます。

それを見た私は迷わず、公爵様の腕を引っ張っていました。

さすが風狼騎士団の団長というべきか、公爵様は体幹の強い方です。私が引っ張っただけではびくともしません。巨木か何かのようです。

でも私が睨むように見上げれば、驚いたのか身体から力を抜いてくださいました。

それをいいことに、私は小走りで公爵様を厨房まで連れていきます。隅に置いておいた水瓶を厨房台に載せると、公爵様の左手をその中まで導きます。

冷たい水の感触で、我に返ったのでしょうか。公爵様は今さらになって身を捩られましたが……私はぶんぶんぶん、と頭が痛くなるくらい、首を横に振ります。

「……っ」

思わず、両目には涙がにじみました。

火傷は、すぐ冷やさないと痕が残ってしまいます。私の用意したお茶のせいで公爵様に傷痕が残るなど、考えるだけでも耐えられないことです。

鼻の奥がつんとして、血がにじむほど強く唇を噛み締めます。咽び泣いたりしたら、また静寂を尊ぶ公爵様にご迷惑をかけてしまいます。

――今日は、公爵様がお屋敷にいらしてくださったのが本当に嬉しくて。

勝手に浮かれて、見るからに乗り気ではなかった公爵様を無理やり招待し、その挙げ句に怪我をさせてしまいました。そんな自分が腹立たしくて、仕方ありません。

とうとう、目の縁に溜まった涙がこぼれ落ちそうになります。本当は泣く資格なんて、ないのに。

弱い自分にうんざりして、息が詰まったとき――。

「泣くな」

骨張った指先が、私の濡れた目元をそっと拭います。

頬を流れ落ちる寸前の涙を拾い上げたのは、公爵様の右手でした。

でも私よりも、公爵様のほうがずっとご自身の行為に驚かれているようでした。涙に濡れた手をすぐに引っ込めると、苦しげに眉を寄せます。

「そんなふうに、泣くな。君が悪いんじゃない。ただ、俺が」

それきり、言葉はありません。でもその沈黙は、居心地の悪いものではありませんでした。

窓から斜めに差した日の光が、憂いを秘めた公爵様を照らします。

彫刻のように美しいその方に見惚れながら、私は目を細めます。言葉少なな公爵様のお気持ち。胸の奥にあるお考え。佇む公爵様はどこまでも孤独で、静謐で、私はこの方のことを何も知らずにいるのだと口惜しくなりました。

でも、今日は新たにひとつ公爵様のことを知ることができました。それは、涙を拭いてくださった優しい手です。

もしもこれから、夫婦として生きていくことができるなら……それが許されるのなら。私はもっとたくさん、公爵様のことを知ることができるのでしょうか。

知りたい、と思いました。あなたを知ってみたいです。どんなものが好きで、嫌いなのか。好きな花や本の名前。お城での過ごし方。なんでもいいから、知ってみたいのです。

「もう、いい」

そんなことばかり考えていると、公爵様がしばらくぶりに口を開かれます。

見れば注視していないと分からないほど、公爵様の頬がほのかに赤く染まっています。まさか火傷によって全身が熱を帯びているのでは――と戦々恐々とする私に返ってくるのは、小さな咳払いです。

「冷やすのは、もうじゅうぶんだと言っている」

公爵様は水瓶に浸けていた手をさっさと出すと、ハンカチで水滴を拭います。

本当は日が沈むまで、冷水に浸かっていただきたいくらいでしたが……見たところ、火傷は軽度のようです。

これなら痕は残らないはず。ほっとしながら、私は自分の服の袖を裂きます。

「っな」

目を瞠る公爵様を安心させるため、にっこりと笑みを作ります。

こういうとき、安い服というのは案外いいものです。ぐっと繊維に沿って力を込めただけで、布がびりびりっと裂けるからです。……いえ、普段は困ることのほうが多いのですが。

裂いた袖で即席の包帯を作ると、公爵様の手に緩く巻いていきます。そんな私を、公爵様は黙ったまま見下ろしていました。

火傷に効く薬草の用意もありますが、公爵城にはおそらく腕利きのお医者様がいらっしゃるはずです。私のような素人が手当てするより、その方に処置をお願いしたほうがいいでしょう。

しばらくされるがままになっていた公爵様は、包帯を巻き終えるなり厨房を出ていかれます。

やはり、一分一秒も私の顔を見ていたくなかったのでしょう。火傷を負わせてしまったのですから、当然です。

私はしょんぼりしながら、居間に戻ったのですが……意外にも、そこにはまだ公爵様のお姿がありました。

玄関ドアが開く音がしたので、スウェン様は出ていかれたのかも。それなら、どうして公爵様はここに残られているのでしょう？

私が不思議そうにしていると、振り返った公爵様が口を開かれます。

「少し、ここで待っていてくれ」

いえいえ。待っているも何も、このお屋敷が今の私の住まいですから。

という思いを込めて大きく頷くと、公爵様はなぜか複雑そうなお顔をされていました。

第四章　公爵様から晩餐にご招待いただきました

日が翳ってきたので、私は庭で洗濯物を取り込んでいました。

お客様がお見えになっているのに家事を優先しているのは、遠慮する私に公爵様が「気にするな」と言ってくださったからです。やっぱり公爵様は、とてもお優しい方です。

今日も洗濯物はよく乾いています。洗濯かごに回収し終えたとき、私の耳は思いがけない音を拾いました。

城の方角から人の足音が近づいてきています。それも、数人分という感じではありません。

私は慌てて玄関に引っ込んでから、ちょっとだけドアを開けて外の様子を確かめます。

驚くべきことに、お屋敷の前にはたくさんのメイドさんが集められていました。

記憶違いでなければ、十日前、私の湯浴みや着替えを手伝ってくださった方々が勢揃いしています。ジタさんやエイミーさん、それに彼女たちに何か話しているスウェン様の背中も見えました。

なんでしょう。今からお祭りでも始まるのでしょうか。それにしては、皆さん不安げな面持ちをされていらっしゃるのが気に掛かります。なんだか、これから怒られるのを知っている子どものような……。

「行くぞ」

「！」

驚いて振り返ると、そこには公爵様が立っていました。

私は玄関に洗濯かごを置きます。何が何やら分からないまま、公爵様に続いて玄関ドアを出ました。

するとと私の姿を見るなり、メイドさんたちが一斉にどよめきます。

「なぜ」「どうして」と口々に飛び交う言葉の意味は……そ、そうでした。私の服の袖が思いっきり破れているからですね。なんであの女の袖は破れているんだ、と皆さんびっくりされるのも無理はありません。

せめて他の布を継ぎ接ぎしてから、人前に出るんでした。うう、やってしまいました……。

するとスウェン様が、手に持っていた品のいい上着を公爵様に手渡されます。ご自身がお召しになるのかと思いきや、公爵様は真っ赤になった私に上着を羽織らせてくださいました。

「――っ？」

えっ。こんな上等なものを私がお借りしてしまって、いいのでしょうか。でも、これならば見苦しさを誤魔化せるかも。でも、でも……。

相反する感情に葛藤していると、公爵様は私から視線を外し、整列するメイドさんたちを見やります。

赤い目が、彼女たちを睥睨したとたんに――でした。

その場の空気が一気に張り詰めます。ぴたりと会話は止み、しわぶきひとつ聞こえなくなりました。風すらも止んで、この屋敷の前でだけ空気の流れがはっきりと停滞したようです。

誰ひとりとして顔を上げられず、食い入るように地面を凝視する中。

公爵様の唇だけが、小さく動きます。

「ジタ」

「……は、はい」

一拍遅れて、真っ青な顔をしたジタさんが前に進み出ます。ただならぬ雰囲気に、私はじっとりと汗をかいていました。

「スウェンから話は聞いた。お前がメロディをこの離れに追いやったそうだが、それは誰の命令だ？」

ぶるり、とジタさんが大きく身震いします。そのまま倒れてしまうのでは、と心配になるほどに顔色が悪いです。

それでも彼女は、気丈にも口を開いて答えます。

「わたし個人の判断です。オスティン男爵令嬢も今までの令嬢たちと変わらず、旦那様の……公爵城の静寂を乱すだけ乱して、あっという間に出ていく。そう思ったからです」

「そうか」

傍で聞いている私にも分かりました。公爵様は、ジタさんの回答に納得していません。

ふぅ、と彼が重いため息をつきます。それから冷えきった声音で、沙汰を告げました。

「この場にいるメイド全員を解雇する」

ひっ、と誰かが短い悲鳴を上げます。息を呑む音や、嗚咽のようなものも聞こえました。

そんな動揺が場を支配してしまう前に——私は、公爵様のシャツの裾を掴んでいました。公爵様は切れそうなほど鋭い目をして、私を見下ろします。

「俺の判断に口出しするつもりか」

氷のように冷たい声でした。でも私は手を離しません。背の高い公爵様を見上げて、視線を合わせたまま唇を引き結びます。

だって——ここにいる方々は、公爵様を慕っていらっしゃる方々です。

そうでなければ、あんなにも必死に、一生懸命に、挙式の準備に励まれたりはしません。気に入らない私を、丁寧に扱ってくださったりはしません。

彼女たちは、公爵様を害そうとする人間を許さないだけ。そんな忠義に厚い方たちを一方的に解雇するなんて、絶対に間違っています。

というか、そもそものお話です。このお屋敷での暮らしはとっても快適で、私は毎日を楽しく過ごしていました。たまに食材を届けてくださる恩人さんだっていたのです。

私は何も困っていないのですから、ジタさんたちが解雇されては筋が通りません。

そんな私の抗議の視線を、公爵様は無言で受け止めます。私の手を振り解くことも、それを命じられることもありません。

向き合っていて、その理由に気がつきました。きっと公爵様も、彼女たちをクビになんてしたくないのです。

でも彼は立場上、臣下に厳しくしなければなりません。個人の暴走を許せば、上に立つ者としての威厳を失うことになりかねないから……。

それなら、私にできるのは――この場で公爵様が口にできない本音ごと、私の本心を伝えることではないでしょうか。

私には声がありません。ですから、いつだって行動や表情で示します。どんなに見苦しくても、愚直でも、道化のようでも、分かってもらえるまで諦めずに繰り返すのです。今までもずっと、そうやって生きてきました。

私は公爵様のシャツから手を離すと、振り返って畑に向かいます。目当てのものを発見すると、次は玄関へと回ります。

一挙一動をたくさんの方に見られているのは、ものすごく緊張することでしたが……今は怯んでいられません。ぎこちなくとも手足を動かします。

私は庭やお屋敷でたくさんの道具を集めてくると、涙目で立ち尽くすメイドさんたちの手に次々と渡していきます。

シャベル。箒。ちりとり。お皿。布巾。最後にお裁縫道具を渡したジタさんの目が見開かれ、じわじわと潤んでいきます。

さすが公爵城のメイド長さんともなると、察しがいいようです。早くも私の言いたいことが伝わったみたいで、良かっ――。

「この針で、自分の喉を刺し貫けと……そういうことですね」

「……!?」

いえぜんぜん違います。なぜか真逆の意味に捉えられていました。

しかもジタさんの呟きを耳にしたメイドさんたちが、とうとう本格的に泣きだしてしまいました。違います、本当に違います。というかちりとりでどうやって死ぬというのですか。誤解です。

大いに焦る私に助け船を出すように、公爵様が嘆息混じりにおっしゃいます。

「お前たちは、公爵夫人を蔑ろにした。だが彼女はその罪を、死ぬ気で家事に取り組めば許すと言っているんだ」

さすが公爵様、見事な通訳ですっ。正しくは手の空いたときにでもお掃除やお皿洗いを一緒にやっていただけたらありがたい、くらいの意味ですが……。

初対面のときも感じましたが、人の感情を読むことにも長けているなんて、公爵様は完璧超人です。この方には弱点のひとつもないのでしょうか。

きらきらと瞳を輝かせる私を一瞥してから、公爵様はメイドさんたちを見回します。

「今後は彼女への忠誠を誓い、俺そのものだと思って手厚く遇せ」

「は、はい……！」

公爵様はかなり無茶なことを命じられますが、直立された皆さんは熱のこもった口調で返事をしています。

私はその光景に、胸が熱くなります。

やっぱり、公爵城で働かれているのは――とっても素敵な方々ばかり、ですね。

「奥様」

ほんのり和やかな空気の中、私の前に歩み出てきたのはジタさんです。

お、奥様？　と慣れていない呼び方に目を白黒させる私を庇うように、公爵様がジタさんを睨みます。何を言うつもりだ、というように。

ですがジタさんは怯まず、私に向かって深く頭を下げてくださいます。

「このたびは、誠に申し訳ございませんでした。今後は、心を入れ替えて職務に励みます。奥様に拾っていただいたこの命、奥様のために燃え尽きる瞬間まで使います」

お、大袈裟ですジタさん。後ろのメイドさんたちも同意するみたいに、うんうん頷かないでください。

私は慌てて、ジタさんの肩をそっと両手で叩きます。

仲直りです。仲直りをしましょう。私は怒っていませんし、公爵様だってそうです。

お願いだから伝わってほしいと一心に祈っていると、今度は誤解が生まれることもなく、顔を上げたジタさんは少しだけ笑ってくれました。

「……ありがとうございます」

ジタさんが涙を拭うと、次々と周りのメイドさんたちが声をかけます。メイド長であるジタさんは周囲からも慕われているようで、もう私が何かする必要はなさそうでした。

いろいろありましたが、何はともあれ——これで一件落着でしょうか。

ああ、本当に良かった。私のせいでジタさんたちが職を失ってしまったら、罪悪感で夜も眠れなくなるところでした。

でも今夜はすやすや、いい気分で寝られそうです。何しろお屋敷のベッドは、ふかふかしていてとても寝心地がいいのです。

そうそう。まだ洗濯物を畳んでいませんし、夕方からは釣りの予定があったのでした。

一礼してその場を辞そうとした私ですが、そこで公爵様に呼び止められます。

「どこに行く。一緒に城に戻るぞ」

「?」

戻るって……私が公爵城に、ですか？

いいえ。いえいえ。だって私は、このお屋敷が本当に気に入っています。お野菜も育てている真っ最中です。不便なこともありますが、自給自足の生活はやりがいがあって楽しいものです。

私は両手を横に勢いよく振りますが、なぜか公爵様は不機嫌そうなお顔をされています。唇を尖らせた横顔は、拗ねた子どもそのものでした。

「そんなに気に入ったなら、ここには……たまに来ればいいだろう」

え、えええと。

そういうことでしたら――はい。断る理由なんて、ひとつもありません。

眉間にうっすら皺を寄せている公爵様に向かって、私はぺこりとお辞儀をしたのでした。


「まずは着替えろ」

お城の玄関ホールに到着するなり、公爵様が素っ気ない口調でおっしゃいます。

私は自分の格好を見下ろして、はっとします。なんということでしょう。未だに私は片方の袖のないワンピースドレスにお借りした上着という、ちぐはぐな格好をしていたのです。

とんでもなく見苦しいものをお見せしてしまいました。恥ずかしさでいっぱいになりながら、私は身振り手振り訴えます。

布や裁縫道具を貸していただければ、自分でどうにかいたしますので……！

「団長、言い方」

それまで黙ってついてきていたスウェン様に睨まれると、む、と公爵様が口元を引き結んで渋いお顔をなさいます。

きょとんとしている私に向き合うと、公爵様はため息をつかれて言い直しました。

「……着替えの手配はしてある」

公爵様が目を向けると、お屋敷前では見なかったメイドさんがすすっと早足でやって来ます。

「ご案内させていただきます。奥様、どうぞこちらに」

私の背を軽く押して、メイドさんが誘導します。その途中で振り返ると、公爵様とスウェン様は、何やら小声で言い合いをされていました。

移動先は、結婚式前に湯浴みや着付け、化粧をしていただいたお部屋です。

「よろしければ、ご入浴をお手伝いしますが」

私はふるふる、と首を横に振ります。そもそも人様に洗っていただくというのが馴染みのない習慣ですし、身体中にある傷痕を見せるのも申し訳なかったのです。挙式のときは、ずいぶんメイドさんたちを驚かせてしまいましたし。

「そうですか」

メイドさんがほっとされたように見えたのは、彼女が普段は貴族の身の回りの世話を担当していないからかもしれません。公爵城でその役割を受け持つメイドさんは、エイミーさんやジタさんたちなのでしょう。言葉少ななのは、ボロが出ないように気をつけているからなのかも。

メイドさんが出ていかれたので、私は自分で服を脱ぎます。

ひとりで入る浴室は、湯気に包まれていました。お湯には薔薇の花びらが散っています。バスタブに浸かり、かぐわしい香りに包まれた私は、ほぅっと息を吐きます。

お風呂から上がったあとは、服を着替えます。用意していただいたのは、レースやフリルがついたドレスです。腰についた大きなリボンがちょっと子どもっぽい感じもしますが、文句は言えません。

袖がなくなったワンピースドレスについては、劣化がひどいからと捨てることになりました。生地が薄くなっていたところも多かったですし、寿命を過ぎているのは分かっていました。ちょっと悲しいですが、やむを得ない別れですね。

お部屋から廊下に出た私は、ありがとうございました、とメイドさんに頭を下げます。

「奥様。旦那様からお言伝です。着替えが終わったら晩餐室に来るように、とのことです」

「？」

晩餐室というのは……もしかしなくても夕食を食べるお部屋、ということでしょうか。

私はおろおろしました。だって、お食事での作法をなんにも知りません。お母様はよく手づかみでお肉を食べていましたが、あれが正しい貴族の作法でないことは分かります。

「どうされましたか。何か問題でも？」

しかし私が焦っていることなんて、初対面のメイドさんには伝わりません。それも当然です。むしろ公爵様のようにあっさり意思を汲み取ってくださる方のほうが珍しいのです。

ど、どうすればいいのでしょう。

公爵様に、礼儀知らずの娘だと思われてしまうのは避けたいです。でも一方的に断っては、お気遣いを無下にすることになります。もう二度と誘っていただけなかったら、きっと私は後悔します。

ええい、ままよっ。

私はそう心の中で唱えると、勇気を出して一歩を踏みだしました。

お城の一階にある晩餐室。長いテーブルの端には、すでに公爵様が腰かけておられます。

立ち尽くしていると、テーブルに肘をついた公爵様から視線だけを投げられます。

「どうした」

す、すみません。座っているだけで絵になる方だなぁ、と見惚れておりました。

メイドさんに椅子を引いてもらい、私はスカートを持ち上げながら座ります。背の低い私のために、彼女はどこからか柔らかいクッションまで持ってきてくれました。お尻の下にそれを敷くと、どうにか公爵様の目線に近づくことができます。

メイドさんは膝を曲げてお辞儀すると、晩餐室を出ていかれてしまいました。

指にあかぎれがありましたし、普段はキッチンのお仕事を担当されている方なのかもしれません。今日のお礼にあかぎれに効く軟膏を作ったら、使っていただけるでしょうか？

——そうです。あかぎれといえば、公爵様のお怪我の具合も気になります。

公爵様の左手には、私が作った即席の包帯が巻かれたままになっていました。やはりまだ、痛むのでしょうか……。

「火傷のことなら平気だ。痛くも痒くもない」

ぎゅっと眉根を寄せて見つめていると、公爵様は軽く左手を振ってみせます。

私が胸を撫で下ろしていると、室内には料理を載せたカートが次々と運び込まれてきました。どうやらスウェン様はメイドさんたちを呼びに行く前に、厨房にも一声かけていたようです。そうでなければ、こんなにも早く二人分の食事は準備できなかったはずです。

広いテーブルの上は、あっという間に大小様々なお皿で埋め尽くされていました。

チキンの丸焼き。サーモンとほうれん草のパイ包み。煮込んだ豆と野菜。ふっくらと焼き上がった白パンに、冷製のスープ。わあぁ……どれもとてもおいしそうです。

しかしご馳走を前に目移りしそうになるのを、私はぐっと堪えました。

いけません。名ばかりの公爵夫人でも、品位を保たなければ。公爵様をがっかりさせないように努めましょう。

きりりと表情を引き締めた私は、さりげなく公爵様の所作を盗み見ながらナプキンを着けます。こっそり公爵様を真似れば、付け焼き刃でもカトラリーだってそれなりに扱えるはず、と思ったのですが……よく磨かれたフォークとナイフを手にすると、私の身体は自然と動きだしていました。

不思議です。テーブルマナーなんて誰にも習ったことはないのに、なんだか懐かしい気がします。そういえば公爵城に向かうために馬車に乗ったときも、似たような感じがしたのでした。

また、つきりと頭が痛くなります。変に考え込むのはよそうと、私は食事に集中します。

まずは小さく切り分けた煮込み野菜を、口に運んでみると。

「――！」

私は驚きのあまり、目を大きく見開きます。

「口に合うか」

ワイングラスから口を離した公爵様に問われた私は、口に手を当てたまま勢いよく頷きます。

おいしいです。本当においしいですっ。公爵城で雇われている料理人さんに、直接お礼を伝えたいくらいです……！

「そうか」

あんまり勢いが良かったからでしょうか。私の錯覚でなければ――公爵様の口元は、ほんのわずかに緩んだようでした。

「！」

どき、と自分の胸が高鳴るのを感じます。

公爵様は何事もなかったようにお食事を再開されています。私もなんとか鼓動を落ち着かせながら、目の前のお料理に視線を戻します。

お屋敷での生活では、自分で魚を焼いたり、お芋を蒸かしたりしていました。そんな日々を卑下するつもりはありませんが、あらゆる料理法を駆使し、多種多様な調味料やソースを用いて味つけされた料理は、やっぱり格別です。

それに――。

私は湯気を上げる料理越しに、公爵様のお姿を見つめます。チキンを優雅に切り分けて口に運ばれる公爵様を見ているだけで、温かな気持ちになりました。

今まで、ずっと忘れていた気がします。誰かとお食事をするのは、こんなにも楽しくて――心満たされること、だったのですね。

ふと、対面に座った公爵様と目が合います。

咀嚼を終えた公爵様が、ふんと鼻を鳴らしました。

「もっと食べろ」

「?」

「君は小さすぎる」

そ、それは否定できませんが。今日はもう、じゅうぶんすぎるほど料理を堪能させていただきましたから。

という私の思いが届くことはなく、公爵様の指示により、追加の料理を載せたカートが晩餐室に入ってきます。私は戸惑いつつも、胸の前でナイフとフォークを構えました。

なぜなら私の胃袋は、いざとなったらいくらでも食べられるという特徴を持つからです。食い溜めしておかないと、お母様に食事抜きの罰を受けることがありますから。

食い意地が張っていると思われたくはありませんが、せっかく作っていただいたお料理です。残らず平らげたあとは食後のフルーツまでいただいて、私はうっとりとため息をつきました。

はぁ、幸せ……。

「責めないのか」

ふいに、どこか思い詰めた顔つきの公爵様に問われます。

「俺を、責めないのか」

「……？」

公爵様を責める、ですか？

どういう意味でしょう。心当たりがない私は、ちんぷんかんぷんの顔をしてしまいます。

公爵様は、どこか困ったように目を伏せます。

「いや、いい。なんでもない」

それから顎に骨張った指を当てると、こう言われました。

「これからは……なるべく、一緒に食事をとれるようにする。俺はどうしても城を空けることが多いから、毎日のようにとは行かないが」

「……！」

びっくりする私の顔をちらと見て、公爵様がぼそりと呟きます。

「いやか」

「！」

私は頭がどこかに飛んでいきそうなくらい激しく、首を横に振りました。

いやなはずがありません。むしろ嬉しくて仕方なかったのです。

これは、夢……でしょうか。夢ならば、二度と覚めませんように。

私がにまにまと頬を緩めていると、公爵様が手元のベルを鳴らします。それに応じてひとりのメイドさんが晩餐室に入ってきました。

緊張に頬を染めた彼女は私の前に立つと、固い仕草で一礼します。

「本日より奥様の専属侍女を務めます、エイミーと申します！」

エイミーさんは、お城での案内役を務めてくださいました。

公爵様は途中までご一緒してくださったのですが、溜まっている書類仕事があるそうでスウェン様に引きずられていきました。お二人の仲の良さが、とても羨ましいです。

「奥様。ここは段差があるので、足元にお気をつけくださいね」

男爵令嬢と呼ばれていたのに、今ではすっかり呼び方が奥様に変わっています。

そういえば先ほど、公爵様は私のことを名前で呼んでくださいました。メロディ・オスティンと怒鳴られた衝撃で、反応する余裕もありませんでしたが……名前を覚えていただけるなんて、光栄なことです。

エイミーさんは城内に不慣れな私に、いろんな部屋の前を通りながら説明してくれます。その中でも特に印象的だったのは、五階についてのお話でした。

「五階は、すべて旦那様の私室です。執務室や書斎、図書室、寝室などがありますが、スウェン様以外の人間が近づくことは禁じられているので、奥様もどうかお気をつけくださいね」

エイミーさんは申し訳なさそうでしたが、これはとっても重要な情報です。公爵様の平穏を乱さないよう、くれぐれも五階には近づかないようにしましょう。そう胸に刻みました。

一階の主階段を上って二階に上がり、廊下を何度か曲がったところに、ご用意いただいたお部屋がありました。

「こちらが奥様のお部屋です」

過度に豪奢ではない、落ち着いた内装のお部屋でした。壁に絵画が飾られ、棚には壺や花瓶が置かれています。朝昼は、庭を望む開放的な窓から日の光が差し込むことでしょう。

その中でも私が特に気になったのは、室内ドアをくぐった先の寝室――そこに置かれた一台のベッドです。

敷き布団は、白い毛が見るからに高密度に生えたものでした。私が物珍しげにしていると、後ろに立ったエイミーさんが説明してくれます。

「北方山脈に住む羊の毛で作られたシーツです。寒暖差の激しい山脈で生きる羊の毛ですから、夏でも冬でも快適に寝られるそうですよ」

まぁ、そんなに優れたシーツなのですね！

気になって手で触れたとたん、私は驚きました。

お屋敷——離れ、と公爵様は呼んでいました——のベッドも素敵でしたが、この羊毛はすごいです。ちょっと力を入れただけで、手が毛の海に沈み込んでしまいました。ここに四肢を投げだして転がったら、雲に乗ったような心地になれそうです。

中央の部屋に戻ると、エイミーさんがどこか不安げに聞いてきます。

「いかがですか、奥様」

私はにっこりと笑みを浮かべます。私が公爵様とお食事をしている間に、エイミーさんたちは協力してお部屋を整えてくださったのでしょう。

家具は古めかしいですが、どれも造りがしっかりしています。温かみがあるお部屋を、私はとっても気に入りました。

そんな思いが伝わったようで、エイミーさんがそっと息を吐かれます。

「旦那様は予算のほとんどを防衛費や、騎士団や使用人への給与の支払い分に回されるんです。ですから、城内は豪華とは言いがたくて……喜んでいただけて、ほっとしました」

うんうんと頷く私ですが、内心では冷や汗をかいていました。

エイミーさんは豪華とは言いがたいと評されましたが、馬小屋暮らしをしてきた私にはもったいないくらい素敵なお部屋です。でも、今さら離れに戻りたいとは言いにくい雰囲気です。

とりあえず、今日のところはこちらで休ませていただいて……明日からは時間を見つけて、離れに通うことにしましょう。残してきた食料や野菜畑も気になりますし。

私が勧められるままローテーブル前の椅子に腰かけると、エイミーさんが小さく咳払いします。

「奥様。改めまして、あたしはエイミーと申します。年は十五歳です」

衣装自体は変わりませんが、よくよく見るとエイミーさんの袖口のカフスは金色のものに変わっています。先ほどまでは、他の皆さんと同じ黒いカフスを着けていたはずです。

彼女がメイドさんから侍女さんへと昇格されたのは、異例の大抜擢なのだと思います。

お城には、公爵様のご家族や親戚の方がいらっしゃいません。確かご両親は早くに亡くなられて、ご兄弟もいないはず。となると本来であれば、私の侍女にはメイド長のジタさんが選ばれるべきところだったのでしょう。

ジタさんの出世を邪魔してしまった、と考えると心苦しいですが……別れ際の彼女は清々しい表情を浮かべていました。

私はそんな彼女たちに恥じぬ公爵夫人になれるよう、これからがんばっていかなければなりません。まだ、具体的に何をどうすればいいのかはさっぱりですがっ。

よろしくお願いします、とお互いに頭を下げます。照れくさくて私がはにかむと、ふふふ、とエイミーさんも笑みをこぼします。

「奥様。良かったら少しだけ、あたしの話をしてもいいですか？」

ぜひお伺いしたいです。私は大きく頷き、椅子を引いてエイミーさんに勧めます。彼女ばかり立たせているのは、忍びないですから。

最初は遠慮していたエイミーさんですが、私が譲らないのを見て取ると「では……」と着席されます。今日はいろんな方に、椅子を勧めている気がしますね。

「あたし、旦那様に大きなご恩があるんです。あたしの家は、近くの山にあって……簡単に地図を描きますね」

エイミーさんが、用意した紙にペンを走らせます。

「このあたりに、あたしの実家があります。山の中で二人で遊んでいたとき、魔物に襲われて攫われそうになる弟を助けてくださったのが、巡回中の公爵閣下――旦那様でした。あれが五年前だから……そのときの旦那様は、まだ十六歳だったんです」

すべての魔物を北方山脈で倒しきることはできません。いくら公爵様たちがお強いといっても、そんな芸当は不可能です。

風狼騎士団が砦での討伐任務だけでなく、哨戒や巡回任務も請け負っているとは聞いていましたが、公爵様ご自身も巡回に当たっておられるのですね。

しかも十六歳といえば、今の私と同い年です。その頃にはすでに、魔物との終わらない戦いに明け暮れていたなんて……。

ぎゅっと眉を寄せる私に、エイミーさんが言います。

「旦那様はお城で雇う使用人を、家柄や財力では選ばないんです。必ず自ら面接を行って採用するかどうか決めるんですよ。こんな貴族家は他にありません……それを知ったとき、すぐに応募しようって決めたんです。平民のあたしでも、お仕えできるチャンスだって思ったから」

ぐっと握られる拳は、当時の熱を思い返しているようでした。

「メイド長のジタさんもそうですが、他にもそういう方が公爵城には大勢いらっしゃいます。騎士団に入団した方もいますし、あたしの弟も騎士を目指しているんです。旦那様に恩を返すために働けるのは、本当にありがたいことです」

「………」

私はまぶしい思いで、エイミーさんを見つめます。私より年下のエイミーさんですが、彼女には公爵様を支える仕事への責任感と誇らしさがにじんでいました。

――スール国には、公爵様に救われてきた人が数えきれないほどいます。

かく言う私だって、そのひとりです。今まで私が北部の地で何事もなく生きてこられたのは、公爵様や風狼騎士団の方々が矢面に立ち、戦ってくださったからなのです。

「あたしの話は終わりです。あっ、それと……離れから、めぼしいお荷物を運んできました」

「！」

その言葉に、私は顔を輝かせます。先ほど城内をご案内いただいたときにも思いましたが、エイミーさんはとても気が利く方です。

手渡された紙袋の中身を確認しようとした私は、そこで思いつきました。

私は紙袋から使いかけの砂糖や塩、お芋、卵を取りだしていきます。それらをひとつずつローテーブルの上に並べてから、エイミーさんを見つめます。

「え、えっと？」

エイミーさんは困ったような笑みを浮かべています。どうやらこれだけでは、証拠不十分で認めてくださらないようです。

でも他にお出しできるものはありません。最終的に私は立ち上がり、狼狽える彼女の手を取ると深く頭を下げました。言葉にはできないお礼の気持ちを伝えるために。

とうとう観念したのか、エイミーさんはばつが悪そうに頬に手を当てます。

「奥様……。これを持っていったのがあたしだと、ご存じだったんですか？」

いいえ。確信があったわけではありませんでした。

でも、私が離れに住むことになったあの日――エイミーさんだけは、ジタさんに真っ向から意見していました。他の方のように黙っていたり、私を笑うことだってできたのに……彼女だけは、そうしなかったのです。

だから恩人さんの正体が彼女だったらいいなと、そう思っていました。

ありがとうございます。エイミーさんのおかげで、私のお屋敷生活は楽しく充実したものになりました。そんな思いで見つめていると、エイミーさんが身を乗りだします。

「あのっ。奥様にいただいたベリージャムもマーマレードも、すっごくおいしかったです。ありがとうございました。ビスケットにつけて食べたら、ほっぺたが落ちてしまいそうだったんですよ！」

まくし立てるように感想を言ってくださるエイミーさん。気に入ってもらえたのが伝わってきて、胸がじんわり温まります。

公爵様も、実はエイミーさんの行動を知っていたのかもしれません。だから彼女を昇格させて、私専属の侍女に選んでくださった――とか。

でもこのご様子だと、エイミーさんご自身は公爵様にその件を話していないようです。となるとクラディウス家に仕えるという諜報部隊の方々が、調査したことを公爵様にご報告されたのでしょうか？

「奥様のようなお優しい方がクラディウス家に嫁いでくださって、あたし……本当に嬉しいです」

エイミーさんはそう言葉を結びます。

ふふ。それはもしかして、私の作ったジャムがおいしかったからでしょうか？

「奥様が料理上手だからじゃありませんよ？　いえ、それもありますけど」

口元に指を当てた私は、驚いてエイミーさんを見返します。エイミーさんは照れくさそうに頬を掻きました。

「単なる当てずっぽうですが。なんだか奥様が、食いしん坊を見る目をしていたので……当たりましたか？」

今このときみたいに。公爵城に来てから、思いがけず自分の思っていることが相手に伝わる瞬間があります。

眉の角度。目や唇の動き。息の吸い方。そういうものから私の言いたいことを知り、読み取ろうとしてくださっている方たちがいるのです。

私の勘違いでなければ。

それはエイミーさんだけじゃなくて、公爵様も――。

「あっ。今はもしかして、旦那様のことをお考えですか？」

「！」

ち、ちち、違います。

「顔が赤いですよ、奥様」

「っ、っっ」

違います。本当にこれは違いますので。

ぅぅ。焦れば焦るほど、土壺に嵌まる気がします。

だって公爵様は結婚式の日、私のことを愛さないと言われました。

それなのに私が一方的に恋慕を抱いたりしたら、ご迷惑がかかります。ただでさえ私の顔はうるさいのですし、恋情を露《あら》わにすればますますうるさくなってしまうでしょう。

でも、そう思っている時点で手遅れなのでしょうか。だって、泣くなと言って涙を拭ってくださった指先を──私はもう、忘れられそうにありません。

荒々しいけれど、決して粗野ではなくて。孤高でありながら、どこか寂しげで。

知りたいのは、私のほうでした。私は公爵様のことをもっと知りたい。今はまだずっと遠い星のような、あの方の心に触れてみたいと──愚かしくも、望んでしまっているのです。

私が沈黙していたからか、エイミーさんが舌を出します。

「ごめんなさい。意地悪はここでいったん、終わりにしますね」

い、意地悪の自覚があったんですね。

「そうだ、奥様。あたしのことは、よろしければエイミーとお呼びください」

にっこりと微笑まれて、私は虚をつかれます。

私は声を持ちません。でも、思考することはできます。声にはならなくても、目の前の人の名前を胸の内で呼ぶことはできるのです。

だからそんな私に、当たり前のように言ってくれる彼女の言葉が嬉しくて……私は笑顔で頷きました。

ありがとう、エイミー。これから、どうかよろしくね。

「では、そろそろお医者様をお呼びしますね」

お医者様、ですか？

首を傾げる私に、エイミーはお説教するように一本指を立てます。

「旦那様が呼ばれたんです。奥様は十日間も、たったひとりでお過ごしでしたからね。栄養も足りていないでしょうし、疲労も溜まっておられるはずです。お身体に異状がないか、しっかり診てもらいましょう。あっ、ご安心ください。女性のお医者様ですからね」

え、ええと。ええと……。

もしかするとエイミーは、とても押しの強い侍女さんなのかもしれませんっ。

◇◇◇

その日の夜である。

「団長自ら、奥様を城にお呼びになるとは思いませんでしたよ」

スウェンの言葉に、ギルバートは憮然とした面持ちで返す。

「俺は今までも、令嬢たちを追いだすような真似はしていないだろう」

事実だった。今となっては顔も覚えていない九人の令嬢は、それぞれの意志で花嫁を辞退し、公爵城を出ていっただけだ。出ていけ、とギルバートが命じたことは断じてない。

「ですが結婚式を挙げたのも、専属侍女をつけたのも初めてのことでしょう。もちろん、身体に触れさせたのも、一緒にお食事されたのも」

ギルバートは黙り込む。

「しかもどさくさに紛れて、今後も食事をする約束を取りつけられましたよね」

「……どこで聞いていた」

答えずに、スウェンが薄く笑う。この弓兵、まさか天井裏にでも潜んでいたのでは……とギルバートは唇を歪めた。

そこに、執務室のドアをノックする音が響く。

「旦那様、エイミーでございます」

「入れ」

ギルバートが即座に返事をすると、お仕着せをまとったエイミーが入室する。

五階に近づいていいのはスウェンだけと決まっているが、今日に限定してエイミーにも許していた。それは彼女に命じていたことがあるからだ。

「ご指示いただいた件について、ご報告がございます」

顔を上げたエイミーは、一息置いてから言う。

「お医者様の診断によると、奥様は失声症だそうです」

想像通りの報告に、ギルバートが表情を変えることはない。

「原因は分かったか」

「過去、何か精神に大きな負荷がかかったことで、声を失ってしまったのではないかということでした。診察だけでは、詳しいことは分かりかねるようです。それと……奥様のお身体には、至るところに傷がありました」

片眉を上げるギルバートの前で、エイミーの報告は続いている。

「お医者様とも話しましたが、あれは……鞭などのしなる道具を用いて、傷つけられたものだと思います」

「……なんだと？」

「古い傷も、新しい傷も無数にありました。お背中から膝裏まで……服で隠れる肌のほとんどに、です」

報告を終えるまで、エイミーの声は震えていた。

そんな彼女の心の奥底に響くもうひとつの声が、ギルバートの意識へと流れ込んでくる。

（『挙式のときは、見間違いかと思った。山育ちのあたしにだって、あんな傷はないわ。それに奥様は……驚くあたしたちに、申し訳なさそうに俯いていた。こんなものを見せてごめんなさい、と言うみたいに。なんで、あんなに優しい方が……ひどい……』）

強烈な感情が、ギルバートへと雪崩れ込んでくる。それは悲しみと、メロディに鞭を振るった何者かに対する怒りだった。

人の思考とは、いわば感情の塊である。それを受け止めるたびに、幼い頃のギルバートにもまた少なからぬ思いが生まれていた。相手への共感、賛同、反発、拒絶――何を覚えても、どうしようもなく苦しかった。

最近は、受け流す術を覚えた。他人の感情など、どうでもいい。必要な情報を抜き取って取捨選択することが、最も賢い異能の使い方だと割りきった。

だが、そのときだけは、ギルバートはそんな傍観者めいた立ち位置を見失っていた。

「誰が、そんなことをした」

エイミーの肩が小さく震える。

しまった、と思ったときには遅い。小刻みに震えるエイミーの瞳には涙が浮かんでいる。ギルバートの放つ殺意すらにじむ怒気に、真っ向から当てられたせいだ。

ギルバートは、どんなに多忙でも自ら使用人の面接を行う。公爵家や自身への敵意や害意を抱いている人間など雇っては、命がいくつあっても足りないからだ。スパイであれば、しばらく泳がせたりもするが。

そうして慎重を期して選び抜いたエイミーたちも、ギルバートに一切の恐怖を覚えていないわけではない。その中には、過去にギルバートの戦いを間近で目にした者もいるのだ。普段は憧憬や感謝の念が上回っていても、ふとした弾みで、恐怖心は劇的に呼び起こされるものである。

ギルバートへの恐れだけが膨れ上がってしまい、職務に支障を来すときは、退職金代わりの手切れ金を渡して公爵城を去らせるようにしている。それがギルバートの常だったが、エイミーについてはもっと気をつける必要があった。

（専属侍女に選んだばかりなんだ。すぐに辞めさせるようなことになったら、あれが悲しむ）

脳裏を過ぎったのは、メロディの笑顔だった。

この十日間、エイミーはジタたちの目を盗み、密かにメロディに物資を届けて支援していた。ギルバートがそれを知ったのは、屋敷の前にメイドたちを並べたときにエイミーの心の声を読んだからだった。

メロディが心の中で恩人さんと呼んでいた人物こそがエイミーだったのだ。そういう意味でも得がたい人材だと考え、ギルバートはエイミーをメロディの専属侍女に選んだ。

そもそもギルバートの立場では、ジタたちに一方的に解雇を告げるしかなかったが……本当は、誰を責める資格もなかった。メロディを離れに追いやった根本的な原因は、ギルバートの無関心なのだから。

（あの瞬間……そんな俺の心情すら、メロディは慮っていた）

彼女自身、最初からジタたちへの恨みを抱いていなかった。それどころか、なぜか離れでの不遇な生活に満足していたようなのだ。

だがメロディが必死に動いてくれたのは、ギルバートの本音を汲み取ってくれたからだ。

「……すみません。あたしには分かりません」

エイミーが項垂れる。

ギルバートはゆっくりと息を吐き、短く返事をした。

「分かった。もう下がっていい」

エイミーが執務室を辞す。ギルバートの前で最後まで涙をこぼさなかったのは、専属侍女に選ばれたばかりで早くもその自負が芽生えてのことだろう。

壁際に控えるスウェンが、ギルバートに視線を寄越す。

「団長、どうされますか」

メロディの身体にあるという傷の件だ。スウェンには話していないが、それ以外にもギルバートにはいくつも気になることがあった。

ふつうの令嬢ならば、あの離れで十日も過ごしていて正気でいられるはずはない。だがメロディは事もなげに生活を送っていた。荒れていた畑では作物が育ち、玄関脇には手作りの釣竿が立てかけられていた。放置していた屋敷内は、ギルバートが呆気に取られるほどに美しく整えられていた。

あんなふうに生きられる理由は、メロディの過去にあるはずだ。

「俺が異能で調べる」

ギルバートなら、メロディの心の声を聞くことができる。

手順は簡単だ。ただ一方的に、こちらから話題を振りさえすればいい。

『声が出せない理由はなんだ』『今までどんなふうに生きてきた』『お前を虐待しているのは誰だ』と。質問し、詰問して、相手の心に浮かび上がる声を勝手に読み取る。たったそれだけで、メロディに関する謎はほとんどが解けるはずだ。

人は嘘ばかりつく。見栄、建前、偽り……本音を隠し通そうとする人々を、ギルバートは何度も目の当たりにしてきた。そして相手が伏せようとしていた真実すら容赦なく暴く、異能の醜悪さも。

そうやっていつも通り、強制的に暴いてしまえばいい。それがギルバートの、クラディウス家の当主のやり口なのだから。

「いいのですか。いつもと同じやり方で」

「…………」

「奥様の話したくないことを無理やり聞きだすだけで、いいのですか」

ギルバートが容赦なく睨みつければ、スウェンが言葉に詰まる。

「すみません。差し出口を」

「いい」

立ち上がったギルバートは窓辺に寄り、夜の闇に包まれた庭を見やる。

今頃メロディは、どうしているだろう。

ボロ屋敷に追いやられても弱音ひとつ吐かず、むしろ健やかに生きていた彼女。

結婚初日から放置していたギルバートに怒りすら見せず、お茶会に招待した彼女。

自分を虐げたメイドたちにすら慈悲を与え、朗らかに笑ってみせる彼女。

全身に鞭で打たれた傷を持ちながら、ギルバートのつまらない火傷なんかを泣きながら手当する彼女……。

気がつけばギルバートは夜に沈む景色ではなく、不格好な包帯が巻かれた左手だけを一心に眺めていた。

何もかも、意味の分からないことだらけだ。理解できない。何度も心を読んでいるというのに、メロディという少女のことが、ギルバートには何一つとして理解できていない。

だからこそ——こんなにも、彼女のことが気になっている。

そんな不可解な心の動きは、ギルバート自身にすら容易には掴めないものだった。

第五章　もっともっと、近づきたいです

翌日の昼。

私はぐったりと疲れて、野菜畑の雑草をぷちぷち抜いていました。

今日の午前は、とんでもなく忙しかったのです。洋裁店の方が来て、身体の採寸をして、数十冊のカタログを見て……途中から私の目は、ぐるぐる回っていたと思います。

なるべく動きやすく華美でない服や装飾品、靴をお願いしたつもりですが、私の意見がどこまで受け入れられたかは不透明です。というのも基本的に私が首を横に振るからか、ほとんどエイミーやジタが話し合いの中心となっていたのです。

私の専属侍女となったエイミーですが、彼女はまだ侍女の仕事には不慣れです。

そこでジタが、エイミーの補佐についてくれることになりました。好きに呼んでほしいとのことだったので、私は彼女のことも心の中でジタ、と呼んでいます。

そしてエイミーによると、公爵家の予算の多くが北領の軍備強化に投入されているとのこと。公爵夫人が贅沢三昧していては、領民に示しがつかない――というのが私の考えでしたが、ジタはきっぱりと言いました。

「旦那様からは、費用は好きなだけ使って構わないと仰せつかっています。服や装飾品はいく

らあっても困りませんので、この機会に一通り揃えましょう。……あっ、こちらのドレスは色違いで、二着ずつ購入します」

「！」

こ、公爵様がそんなことを！

そう言われてしまうと断りづらくなって、途中から首を縦に振る回数が増えた私でした。

ようやくお店の方がお帰りになった頃、水差しを持ってきたエイミーが言います。

「奥様。オーダーメイドのドレスを作るには時間がかかるので、しばらくは引き続き子どもふ」

「エイミー！」

「な、なんでもありません」

エイミーはさっと目を逸らしました。見れば彼女を注意したジタも逸らしていました。

私は水を入れたグラスを受け取ってから、自分の姿を見下ろします。

空のような青地のドレスに、胸元や膨らんだ袖にはかわいらしいピンクのリボン。薄々気づいてはいましたが、やはり私が昨日から着ているのって……子ども服、なのでは。

ちょっぴり複雑ですが、文句を言うつもりはありません。どの服も肌触りがいいですし、肌を隠せるならどんな衣装でも構わないのです。ええ、ちょっぴりは複雑ですが……。

——そんな午前中の出来事を思い返しながら、立ち上がったとき。

「メロディ」

「っ？」

名前を呼ぶ声に振り返ると、そこには公爵様のお姿がありました。

既視感を覚えながらも、私は慌てて頭を下げてご挨拶します。

玄関の掃き掃除をしていたはずのエイミーはといえば、忽然と姿を消しています。どこに行ってしまったのでしょう。こういうときこそ一緒にいてほしいのですが……。

「悪い。邪魔をしたか」

い、いいえ。とんでもありません。焦った私は、首と両手を横にぶんぶん振ります。

というか、なぜ公爵様はおひとりなのでしょう。スウェン様はどちらに？

「言っておくが、俺はいつもスウェンと一緒にいるわけではない」

私の視線の先に気づいたのか、公爵様がちょっと不機嫌そうに言われます。

思いだしたように、木々の間を穏やかな風が吹き渡ります。

春の風にさらさらと銀髪を揺らす公爵様は、頭上で揺れる枝葉を見上げていました。

なんとなく、今日の公爵様には元気がない感じがします。それに、何かをお話ししたがっているような雰囲気をお持ちです。何から切りだそうか、迷われているからこその沈黙というのか……。

それなら私にできるのは――公爵様が最初の一歩を踏みだすきっかけ作り、ではないでしょうか。

私は公爵様に近づくなり、骨張った左手にそっと触れます。公爵様の指先がぴくりと動きましたが、私の手を力任せに振り払ったりはしませんでした。

火傷痕が残っていないのを確認してから、子どもがそうするように手を繋ぎます。昨日のように逃げるのではと誤解されないためには、これしかないと思ったのです。

仰ぎ見て表情を確かめると、公爵様はお怒りではありませんでした。私の行動に当惑していても、いやがっているわけではないようです。

ほっとした私は、公爵様を連れてお屋敷に入ります。目的地は、玄関を抜けてすぐの居間です。手を離すと、心得ているというように昨日と同じ席に着席してくださいました。

私がトレイを手に戻ったときも、公爵様は窓の外を見ていましたが、お茶を注ぐ音を聞くなり視線を室内に戻します。

「これは、昨日と同じ薬草茶か」

お茶の水色《すいしょく》か、あるいは香りでお気づきになったのでしょうか。公爵様は、薬草にも造詣が深いようです。

心身の緊張を和らげ、穏やかにしてくれる薬草茶。迷いながらもこのお茶を再び選んだのは、何かに迷われる公爵様の心が少しでも軽くなればと思ったからでした。

余計なお世話かもしれません。火傷のことを思いだして、いやな気分にさせてしまうかもしれません。それでも祈るように視線を注いでいると——公爵様がカップの取っ手を掴みます。

薄い唇が息を吹きかけると、水面にわずかに波紋ができました。

公爵様はゆっくりと、カップに口をつけます。逞しい喉仏がぐっと動き、中身を嚥下していきます。気がつけば私は息を殺して、そのご様子を見守っていました。

半分近く中身のなくなったカップをソーサーに戻しながら、公爵様が小さく頷きました。

「飲みやすいお茶だな」

「……！」

表情を変えずに放たれたのは、至極あっさりとしたご感想でしたが……私の胸はいっぱいになります。

満面の笑みを浮かべる私に、公爵様が眉尻を下げました。

「昨日は、カップをひっくり返してしまってすまなかった。菓子にも手をつけなかったし」

い、いいえっ。何も、公爵様が謝られることなどありません。

だって、もしも昨日のお茶会があっさり終わっていたなら、こうして公爵様は私のもとを訪ねてくださらなかったかもしれません。だから――昨日も今日も公爵様に会えた私は、とんでもなく幸せ者です。

「……君は……」

気がつけば公爵様は、半ば惚けたように口を開いて私を見上げていました。

背丈のある公爵様に見上げられるのは、不思議な感じです。私と目が合うと、公爵様はなぜか狼狽えたように目を逸らしてしまいました。

もしかして、お帰りになってしまうのかもしれない。そう危惧しますが、公爵様は隣の椅子の背を片手で引きます。

「座ってくれるか。話したいことがある」

言われるがまま、公爵様の隣席に腰を下ろします。

数秒の間を置いてから、公爵様は静かな声で話し始めました。

「この離れは……幼い頃、俺が閉じ込められていた場所なんだ」

「……、」

思わず、息を呑みます。

私の住んでいた馬小屋よりずっと立派で、素敵なお屋敷だとばかり思っていましたが……閉じ込められていたとは、どういうことなのでしょう。誰が公爵様に、そんなことを？

「馬――」

うま？

「……いや、なんでもない」

何かを言いさした公爵様は、緩く首を振ってから話を戻されます。

「俺を閉じ込めたのは、実の両親だった。俺は彼らに嫌われていたんだ。というより……怖がられていたんだな。彼らは俺に近寄ろうとせず、森の中の屋敷に幽閉した。俺が、怪物だからだろう」

　訥々と、まるで他人事のように語られる過去に、私は呆然とします。硬直する私を置いて、公爵様は続けます。

「スウェンはその頃から、俺の身の回りの世話をしている。国王陛下はたまにスウェンに手引きさせて、ちょくちょく俺に会いに来た。二人とは、その頃からの付き合いだ」

　三つの椅子。三つのカップ。三人だけで完結していた、少年時代の思い出。

　今さらながらに理解します。昨日の公爵様のご様子がどこかおかしかったのは、お茶会が始まった直後に席を立とうとしたのは、このお屋敷——離れに対して、複雑な感情を抱いていたからだったのです。

「そういう日々を過ごしていたから、俺は剣の扱いを覚えるなり、十歳にして戦場に立った。そこでなら、怪物だって英雄になれると思ったからだ。俺が戦果を上げ、国王陛下……先王陛下から褒賞を賜るたびに、両親は喜んでいたそうだ。結局、葬式は俺に参列しないでほしい、とまで言い残して早死にしたんだが」

　ふっ、と公爵様が口の端を歪めます。私は、そんなふうに悲しげに笑う人を初めて見たように思いました。

「君の……メロディの前に城に来た令嬢たちも、同じだ。俺を恐れ、嫌悪していた。俺と目が合うだけで、命乞いするような女もいた。……これで俺の話は、終わりだ」

感情を交えずにあくまで淡々と、公爵様はお話の終わりを告げます。

私はまったく反応ができませんでした。何も考えていなかったわけではありません。どうしても、公爵様と自分の過去を重ねずにはいられなかったのです。

私もまた、愛されていない子どもでした。それを私は、ずっと前から知っていたけれど……どうしても認めたくなかったのです。

喋ることのできない、しかも役立たずの私を、お母様は蛇蝎《だかつ》の如く嫌っていました。それでも役目を与えて家に置き続けてくださったのは、家族の情だったのか、単に給与を払わずに済む使用人がほしかったからなのか。きっと、後者だったのだと思います。

うまくできないことは、たくさんありました。床に水をぶちまけてしまったり、お料理を焦がしてしまったり。そのたびお母様はお怒りになり、私を鞭で躾けました。

痛いのはいやでした。痛いのは、とても怖いです。もう痛くならないように、もっともっとがんばらなきゃ、と私は必死にやりました。

でも、だめなときもありました。お母様の機嫌が悪い日です。どんなに上手にお掃除やお給仕ができても、そんな日は何もかもがだめになります。

そんなとき、お母様は私に服を脱ぐようにおっしゃいます。服を着たまま鞭で叩き続けると、布地がボロボロになって他に着られる服がなくなってしまうからでした。

私はお母様に言われ、壁に両手をつき、背中とお尻を向けて立たされます。そうしないと、人から見える位置に傷がついてしまうから——。

「ッ、メロディ！」


切羽詰まった公爵様の声が、私を暗い思考の世界から引き戻します。

驚いて顔を上げると、公爵様の手が私の肩に触れています。彼は真剣な表情で、食い入るように私のことを見つめていました。

目が合うと、公爵様は何かに怯えるように睫毛を震わせます。触れられるほど近くで見ると、輝くような赤い瞳が、本当は柔らかい色をしているのがよく分かります。

やっぱり、美しい方だと思いました。繊細で優しい心をお持ちの方だと思いました。鎧をまとい、返り血を浴びて、そんな自分を人の目から隠しているのだと思いました。そうすることしか、できなかったのだと思いました。

誰よりもお強いからこそ、誰よりも脆い方でした。

ああ……。

だから公爵様は、静寂がお好きなのですね。

静かでないものは、今までずっとあなたの心を無神経に傷つけてきたから。

でも、公爵様。

本当は、違うのではないでしょうか。

あなたは心の奥底では、静寂を愛しているわけではなくて——ただ寂しくて、悲しかったのではないでしょうか。

だって私も離れで十日間を過ごしていて、何度となく感じたことがありました。

ここは、本当に本当に、静かな場所なのです。

公爵城とは離れた森の中。人の気配がなくて、喧噪とは無縁で、気がつくと広い世界にひとりぼっちでいるような——そんな、頼りなくて寂しい気持ちになってしまうのです。

幼い公爵様は、この場所でたったひとり、何を思ってお過ごしだったのでしょうか。スウェン様や国王陛下がいない夜は、何をお思いだったのでしょうか。

気がつけば私は、手を伸ばしていました。

公爵様を、きっと不快にしてしまう。そう思いながらも、私のより大きな頭を撫でていました。

「……！」

公爵様が息を呑みます。

彼の頭は形が良くて、艶やかな銀色の髪は絹の糸のようで、とても触り心地がいいです。撫でているだけで、私まで幸福な気持ちになってしまうほどに。

ふと、思いだします。幼い頃の私もこんなふうに、お母様に甘やかしてほしかったのです。

がんばったときは、偉いねって。だめだったときでも、次はがんばろうねって。一度でも心を込めて撫でてくれたなら、未来永劫、その日を忘れませんでした。一生涯、胸に抱えて生きていくことができました。鞭を何十回振るわれても、耐えることができました。

公爵様も、同じではありませんか。

彼には届くはずのない声で、私は囁きかけます。

魔物を倒し続けて大勢の人々を救ってきたあなたは、誰がなんと言おうと偉大で誉れ高い英雄です。

でも、辛いときは弱音を吐いて、泣きたいときには泣いていいのです。人はいつだって強くある必要なんて、ないのですから。

もし、今はまだそんな場所がないというのなら……私が、がんばります。今は頭を撫でることしかできないけれど、あなたが弱さを見せられる場所に――きっと、なってみせますから。

「……どうして、君は……」

どこか茫漠とした呟きが耳に入って、私は目をしばたたかせます。

あら？

私……もしかして今、この手で公爵様の頭を撫でて――。

「……～～っ!?」

あまりの恐れ多さに、感触の残る指先がぶるぶる震えます。それにしても公爵様の髪の毛は、昨夜眠った羊毛のシーツに勝るとも劣らない感触——では、なくて！

す、す、すみませんっ。本当にすみません、公爵様……っ。

立ち上がった私は顔が蒼白になっていくのを感じながら、必死に頭を下げます。

わわ、私ったら、勝手に共感して、勝手に励ましたいとか思ってしまって、なんて身の程知らずだったのでしょう。こういうときは、床に額《ぬか》ずいて許しを乞うしかありません。私はさっそく、床にしゃがみ込もうとしたのですが——。

「いい」

床に投げだそうとした腕を、公爵様に掴まれていました。

「いい。……別に、怒っていないから」

私はおずおずと頷き、すとんと椅子に座り直します。

公爵様は心が広くて、それでとても……不思議な方です。

私は声を持ちませんし、公爵様も口数の多いほうではありません。それなのに一緒にいると、なんだか二人でお喋りしているような気持ちになれるのです。

それを嬉しく思うと同時に、自分が情けなくて俯いてしまいます。

公爵様は、人と話すのが不慣れのご様子です。そんな公爵様が胸に抱える思いを打ち明けてくださったのに、私は何も答えられてはいないのですから。

お母様によると、私は生まれつき喋れなかったようです。

もしも文字を書くことができたら、公爵様だけにご負担をかけることなく、文字を通してお喋りすることができていたのかもしれません。

学のない自分が恥ずかしくて、そぅっとため息をついていると。

「良かったら、教えるが」

「？」

私を一瞥して、公爵様はぼそりと言われます。

「字だ。少しでも書けるようになれば、便利だろう」

「!?」

えぇえっ、と私は度肝を抜かれます。

ど、どういうことでしょう。夫婦ならではの以心伝心というやつでしょうか。でも私たちは形だけの夫婦ですし。

それとも私の顔って、そんなに分かりやすいのでしょうか。文字を習いたいなぁ、ってはっきり書いてありましたでしょうか。

「少し待っていろ。確かこのあたりに……」

いろいろな意味で恥ずかしくなった私が頬を引っ張っている間に、公爵様は腰を上げておられます。居間にある棚を漁って、ペンやインクを探しているようです。

その後ろ姿を見つめているうちに、私はどんどん頬が紅潮していくのを感じます。

もしも文字が書けるようになったら、どんなにすばらしいでしょう。私は思うこと、伝えたいことを文字にして、公爵様やエイミーたちに伝えられるようになりますし――って。

私ったら、さっきから抜けています。

公爵様は、すさまじく多忙な方ではありませんか！

普段から任務続きで疲れていらっしゃるでしょうし、空いている時間はご自身のために使われるべきです。睡眠や読書、ご趣味などなど……その時間は、私などがいただいていいものではありません。

そうです。ご負担をかけないためにも、断るべきです。お気持ちだけを頂戴すべきです。

それなのに私は、じっとしたままでいました。

首を横に振れば、それで済む話です。分かっているのに――そうしたくない、と思ってしまったから。

どうして、そんなふうに思ったのか。答えに辿り着く前に、公爵様が「あった」と言いながら席に戻られます。

恥知らずの私を知らない公爵様は、穏やかな口調で話しかけてくださいました。

「黄ばんだ紙しかなくて悪いが、簡単なものから始めよう。何か書いてみたい字はあるか」

その言葉に、数秒前の葛藤も忘れて目をきらめかせます。

それなら、思いつくのはひとつです。

「…………」

じぃっと食い入るように見つめていると、公爵様が首を傾げます。

「……俺、か？」

私はにっこりして頷きました。やっぱり公爵様は、諜報部隊の皆様の活躍がなくとも察しのいい方です。私はなんだか、助けられてばかりです。

公爵様はしばし固まられていましたが、喉の奥で咳払いすると、握ったペンをインクにつけてテーブルに置いた紙に走らせます。

――ギルバート・クラディウス。

きっとそこに書かれたのは、私が望んだお名前です。

私は紙を手に取って、日の光に透かすようにまじまじと見つめます。こちらが、公爵様のお名前……。

それにしても公爵様は、字もお上手なのですね。いよいよ反則じみています。私が興味深く観察していると、ペンを渡されました。

「書いてみてくれ」

は、はい。それでは私も、いざっ。

――と、気合いだけはじゅうぶんだったのですが、私はすぐ首を捻ってしまいました。

お、思っていた以上に難しいです。まずは円を描くように、ぐるっと。ふにゃふにゃのこれは……ええと？

混乱して私の手が止まったのに気づくと、立ち上がって紙面を眺めた公爵様が、笑みを含んだ声で言われます。

「そうじゃない。ここは、こうだ」

後ろから伸びてきた大きな右手が、私の右手ごと包み込むように握ってくださいます。

どきりとしました。手を繋ぐのとは少し違って、まるで自分が小さな子どもになってしまったようです。

そんな私を包み込んだまま、公爵様が耳の後ろで囁かれます。

「動かすぞ」

公爵様の手が伸びやかに動きます。私はとてもじゃありませんが、字の書き方を覚えるどころではありません。

だって——とく、とく、と高鳴っていく鼓動が、すぐ後ろのあなたに聞こえてはいないでしょうか。

公爵様は、静寂を好む方なのです。彼を不愉快にさせるくらいなら、私の心臓の音なんて止まってしまったほうがいいのに……。

「止まっては、困る」

「っ？」

私が驚いて振り仰ぐと、公爵様は真剣な表情をしていました。

触れるほど近くに整った顔があって、私は大慌てで首の角度をもとに戻します。

「手の動きの話だ。先ほどから止まってしまっている」

し、失礼いたしましたっ。

お忙しい公爵様が、せっかく時間を割いてご指導くださっているのです。悶々としている場合ではありませんでした。

私は集中力を高めます。重なる手の感触を意識しないよう気をつけつつ、ペンの動かし方をよく観察します。

「よし、書けた」

公爵様がようやく手を離します。知らず止めていた息を吐きながら紙面を見ると、そこには新たな字が加わっていました。

でも、先ほどより文字数が少ないような？

私が最初の見本と書いたばかりの文字を見比べていると、公爵様が種明かしをされます。

「ギル、だ。今書いたのは、ギル」

ギル。……ギル、様。

「ギルバート・クラディウスと書くと長いからな。とりあえずギル、まで書ければじゅうぶんだろう」

はい……っ、はいっ、じゅうぶんです。

私は公爵様――ギル様に教えていただいたばかりの文字を、繰り返し練習してみます。

ギル、ギル、ギル、と何度も書いていきます。ペンにインクをつけ直す私の手元を覗き込み、ギル様は小さく顎を引きました。

「上手だ」

「～～っ」

褒めていただけると、口の端がむずむずしてしまいます。気がつけば私は、にへへとだらしない笑みを浮かべていました。

さらに夢中になって、練習を続けていると。

「俺の名前だけじゃなく、自分の名前も練習したほうがいいんじゃないか」

「！」

あっ。それは名案です。だって自分の名前が書けたら、ギル様にお手紙が出せますものね。

ギル様が砦に滞在される間も、もしお手紙をお送りすることができたら――なんて夢想したところで、正気に返ります。

それはさすがに、我が儘が過ぎるというものですね。任務に関係のないお手紙なんて送っては、ご迷惑に決まっていますもの。

「その。……良ければ、手紙を書いてくれないか」

「っ？」

消沈する私の耳朶を打ったのは、思いがけないお言葉でした。

ぐしゃりと髪をかいたギル様が、ぶっきらぼうに続けます。

「書いてくれたら、嬉しい。何も用事がなくても。俺に伝えたいことがあったら……いや。それも別に、なくてもいい」

私はペンを動かすのも忘れて、ギル様を見つめます。

どうしてギル様には、私の言いたいことが分かってしまうのでしょう。私のほしい言葉を知っているように、贈ってくださるのでしょう。まるで心が読まれているかのようです。そんなこと、あるはずがないのに……おかしいですね、私ったら。

そのとき、なぜかギル様の表情が急に暗くなったように見えました。でもそれは気のせいだったのか、変わらぬ温度でおっしゃいます。

「他にも、書きたい文字はあるか」

あっ。それならもうひとつ、あるのです。私、〝友達〟と書いてみたいです。

でも、この単語をお伝えするのはかなり難易度が高そうです。考えた末に、私は紙に絵を描くことにしました。身振り手振りよりも、このほうが伝わるのではないかと思ったのです。

二人の人間を簡単に描き、手を繋ぐ感じに。仲良し同士で、るんるんお散歩をしているところです。

いかがでしょうか。勘の鋭いギル様になら、読み取っていただけるでしょうか。

私は期待感を両目に込めて、わくわくと見つめます。しかし絵を目にしたギル様の反応は、芳しくありませんでした。

「それは、さっき手も繋いだし……俺のことを……」

何やら物憂げに呟かれて、しまいには目を伏せてしまっています。

私の下手っぴな絵では、伝わらなかったようです。残念ですが、今日のところは諦めるしかなさそうでした。

しゅんと項垂れます。私には今まで、友達という存在がいませんでした。誰かと交友関係を結ぼうにも、お母様の監視の目があったからです。

だからこそエイミーに、あなたが私にとって初めてのお友達だと伝えたかったのですが……。

「分かったぞ。友達、と書きたいんだな」

「……っ⁉」

わ、わわっ。

さすがギル様です！　と私は興奮しながら、満面の笑みを浮かべたのでした。

◇◇◇

「スウェン。俺は病気かもしれない」

「なんですって」

ギルバートの一言に、スウェンが血相を変えた。

持っていたペンを奪われ、上着を脱がされる。ギルバートは力なく椅子の背にもたれかかったが、スウェンには舌打ちされた。

「こんなところで寝ないでください。抱き上げて寝室に連れていきますよ」

「絶対にやめろ」

「ちなみに具体的な症状はなんですか」

「それがメロディといると——胸がぎゅっとなるんだ」

「ほう、詳しく教えてください」

話が早い従者に、ギルバートは少しずつ話した。今日、メロディとの間に起きた出来事を。

スウェンからは、すぐさま医者にかかったほうがいいと言われるだろう。そう見ていたギルバートだが、返ってきたのは意外な言葉だった。

「なるほど。それはかわいい、という感情ですね」

「……かわ、いい？」

初めて聞いた単語のように、ギルバートは鸚鵡《おうむ》返しにする。スウェンは訳知り顔で解説した。

「個人の価値観によっても異なりますが、概ね小さいもの、幼いもの、か弱いもの、いじらしいもの、愛らしいものに対して人間が覚える感情ですよ」

（それなら……メロディは、弱くはない）

他の内容はすべて当てはまるが、彼女は決して弱々しくはないのだ。

外見はそれこそ、神秘的な妖精のようだと思う。雨の色をした髪の毛も、水底を思わせる瞳も、抜けるように白い肌も、華奢な身体も——触れては壊れてしまいそうなほどに、儚く可憐だ。

だが、何度か触れた指先は違っていた。メロディの指は皮膚が分厚く、令嬢らしい手ではなかった。毎日働き続けている手だ、と思った。

（だから。あの指の感触を思いだすだけで……俺は頭がいっぱいになる）

ギルバートが火傷したとき、心配して腕を引っ張ってくれた。離れの前で立ち尽くしていると、手を握ってくれた。過去を語ったときは、寄り添うように頭を撫でてくれた。

最初は調子がくるうだけだった。戸惑って、苛立ちもした。それなのにメロディと共にいると気持ちが安らいでいく。ときには弱くあってもいいと、ただギルバートという人間そのものを受け入れてくれる彼女に、どうしようもなく惹かれていく。

本当はもっと撫でてほしかったのだが、メロディは遠慮がちな少女である。すぐに手を離してしまったので、ギルバートはもっと触れ合いたいばかりに彼女の心を読み、字を教えるなどと提案したのだった。

（普段は誰にも異能に気づかれないよう、注意しているのに……メロディ相手だと、うまくいかない。分からないことなどひとつもない、頼りがいのある男のように振る舞いたくなるんだ）

字を教える最中、ギルバートがさりげなく手を握ってみると、メロディは分かりやすくぎくしゃくしていた。覗き込んだ顔が逆上せたように赤くなっているのを知れば、ギルバートの心臓は大いに騒ぎ立てた。

冷静に字を書くことなどできず、ギル、でペンを止めたのは、思い返すと機転が利いたのかもしれない。なぜならそれをきっかけに、メロディは心の中でギルバートをギルと呼ぶようになったからだ。

ギル、ギル、と一生懸命に繰り返しながら文字を書くメロディの姿を思い浮かべれば、ギルバートは頬がにわかに熱を持つのを感じる。

（これが、かわいい……という感情なのか）

言い得て妙だという気がしてくる。

だが想像以上に、メロディはオスティン家で過酷な生活を送っていた。母親はメロディを虐待し、使用人として扱っていた。夜は粗末な馬小屋に押し込められて暮らしていたようだ。皮膚が分厚い指はメロディの努力の証であり、彼女が生きてきた日々の証左でもあった。

ギルバートはようやく理解した。メロディが十日間も森の中の屋敷で過ごしながら、平然としていたのは——城に来るまでの彼女が、まともではない環境で生きてきたからなのだ。森でとれる限られた食料すら、メロディにとってはご馳走だった。

残虐な人間というのは、この世にいくらでもいる。罪のない実の娘を、鞭で躾けるような親もいる。

ギルバートはふつふつと煮えたぎるような怒りを感じながら、スウェンに指示する。

「オスティン家に人をやれ。花嫁を送ってきた褒賞をダシにして、メロディの母親を城まで誘いだす」

「承知しました。……それにしても」

「なんだ」

何か文句があるのかと目を向ければ、スウェンがにやにやしている。

「いえいえ。昨日の団長と、目の前の団長が同一人物とは思えないなと。僕の聞き間違いでなければ、昨日は異能で取り調べを行うつもりだとかなんだとか、言ってませんでしたっけ」

とぼけた口調で指摘され、ギルバートはむすっとする。

自分の過去を語ったのは、メロディの過去を知るためでもあった。だがギルバートを動かしたのは他でもない、メロディの心だ。薬草茶を淹れてくれた彼女の優しさに、ギルバートは今まで誰にも話さなかった過去を自ら打ち明ける気になっていた。

「分かっている。最近の俺はいろいろおかしい」

ギルバートはがりがりと頭を掻く。最初は、メロディだって他の花嫁候補と変わらないと思っていたはずではないか。それがいつの間にか、彼女のことばかり気にしている自分がいる。

つい先ほど、共に晩餐を過ごしたばかりだというのに——顔を合わせる明日の朝が、待ち遠しい自分がいるように。

ふと気になったギルバートは、従者に問う。

「スウェン。奥方はかわいらしいか」

「はい。それはもう」

真顔で惚気られた。

「もう少し遠征が減れば、彼女や子どもたちも喜ぶんですが。……おっと」

ギルバートはスウェンの脛を蹴ろうとしたが、力のこもっていない一撃はあっさりと躱されたのだった。

第六章　魔物って、食べられないのでしょうか？

ギル様に字を習ってからというものです。

私は字の読み書きだけでなく、行儀作法、それに裁縫や刺繍の授業も受けさせていただくことになりました。

家庭教師役として呼ばれたのは、北領に住まわれる伯爵夫人です。施療院に寄付を行っている関係で、クラディウス公爵家とは以前から親交があるそうです。私のためにとギル様が信頼する貴婦人を呼んでくださったのが、とても嬉しく感じられました。

たくさん授業の予定が入ったので、私は一気に忙しくなりました。お野菜は日の光を浴びてぐんぐん生長してきましたが、ひとりでは面倒を見るのが難しくなり、お城を離れられないときはエイミーやジタが水やりを手伝ってくれました。

毎日が目まぐるしく過ぎていきますが、苦ではありません。先生はお人柄が良く、厳しくも優しい方です。それに自分の知らないことをひとつずつ知っていく時間はとても楽しく、有意義なものでした。

――そうして、私が公爵城にやって来て二十数日。

その日も私は、朝から伯爵夫人の授業を受けていました。

「さて、公爵夫人。今日も頭に本を載せて歩いてみましょうね。目標は三冊ですよ」

はい、先生。本日もよろしくお願いいたします。

歴史ある貴族家のお生まれである先生によると、貴族の作法というのは服装や歩き方から始まっているそうです。背を丸めていたり、だらしない格好で歩いていては品格がなく、誰からも尊敬が得られません。

まず一冊の本を頭に載せる私の脳裏には、自然とギル様のお姿が浮かんでいました。

ギル様は五つの砦を回るため、先週から騎士団を率いて北方山脈へと向かわれています。

物資の運搬役を務めている方々に、私はギル様への手紙を持っていってもらいました。届いたお返事によれば、今日の午前中には戻れそうとのことでしたが……お帰りは遅れています。

でも、不安な気持ちはありませんでした。

すっと伸びた背筋に、広い背中。凜々しい横顔。真の貴族というのは、まさにギルバート・クラディウス様のことをいうのでしょう。

私は目蓋の裏にまぶしいほどの理想を思い描きながら、まっすぐ歩いてみます。筋がいい、と先生が褒めてくださいます。額に汗をかきながら、一歩一歩進んでみます。笑顔が足りない、優雅さが欠けている、と叱られます。もっともっとがんばります。

食生活や住環境が劇的に改善されたおかげか、痩せ細っていた私の身体の輪郭は変わり始め、少しずつ年頃らしい丸みを帯びていました。それでもギル様は食事のたび、もっと肉をつけるようにと言われます。おいしいお料理は、ギル様と一緒だとさらにおいしくなるので食べすぎに要注意です。

数日前、エイミーが教えてくれました。

「クラディウス公爵家は、社交を重視していません。パーティーを主催するのも、数年に一度あるかどうかですね。王城に招待されることはありますが、旦那様のお役目がお役目ですから、参加を強制されることはありません。年に一度の当主会議には、出席が義務づけられていますが」

その他の貴族――特に北領に居を構える貴族からパーティーの招待状も届くけれど、暗黙の了解としてクラディウス公爵家への社交の誘いは控えめに、ということになっているそうです。

一般的な公爵家ならあり得ないことですが、魔物への対処を一任されているクラディウス家ならでは、ということでしょう。

「でも魔物の活動が活発になるのは春夏のことで、年の半分くらいは魔物領から出てこないんですよ。ですから問題なく参加できるパーティーもあるんですけど、旦那様は華やかな場を苦手としていらっしゃって……。ここだけの話ですが、魔物討伐や騎士団の修練を理由に、招待を断ることも少なくないんです。ですから奥様も、公爵夫人としての役目を果たそうと気を張ることはないと思います」

私への慰めというわけではなく、エイミーは事実を述べているようでした。

どうやら今後、人前に出る機会はそこまで多くないと考えて良さそうです。情けないことですが、私はほんのり安堵してしまいました。

――ですが、それはそれ。

伯爵夫人が帰られてからも、私は熱心に練習に取り組みます。エイミーはその間、ずっと傍で声援を送ってくれていました。

足腰が疲れてきた頃に、エイミーがあっと声を上げます。

「奥様、旦那様がお戻りになりましたよ」

「……！」

それを聞いた私は、慌てて窓辺に寄ります。

騎士団の方々は公爵城ではなく、隣の団舎に住まわれています。馬を繋ぎに行ったのか、彼らの姿はありません。

使用人さんに馬を預けるギル様とスウェン様を確認するなり、私は身を翻していました。

部屋を出て、廊下を曲がって。主階段を下りながら堪えきれずに目をやると、ちょうど玄関ホールのドアが開いたところでした。

今日のギル様は魔物の返り血を浴びていません。見たところ、お怪我もないようです。激しい戦闘ではなかったのなら、何よりでした。

玄関ホールに姿を見せる私に、すぐギル様が気づかれます。私はそんなギル様に向かって心の中で呼びかけます。

ギル様、お帰りなさいませっ。

「ああ、メロディ。今帰っ……」

言いかけたギル様が私の顔を見て、私の頭の上を見て、切れ長の目を大きく見開かれます。

「!? ──ふぐっ」

かと思いきや、勢いよく噴きだされました。

私は愕然とします。なぜギル様は笑われているのでしょう?

疑問でいっぱいになる私の前で、ギル様は口元を押さえてぷるぷる震えています。

「どうして君は……っ、頭に本を載せているんだ。しかも五冊も」

「?」

……本?

わ、忘れていました。本、載せたままでした。

ギル様のご指摘通り、五冊です。分厚い本を五冊もです!

淑女を目指して特訓していたはずなのに、気がつけば奇人と化しています。世界中を探しても、本を載せたまま夫を出迎える奇抜な妻はいないでしょう。

羞恥心のあまり、私が涙目になっているからでしょうか。ギル様は表情を改めると、真剣な口調で言われます。

「まさか、誰かにいじめられたわけじゃないだろうな？　君にそんなことをする輩は――」

そこで一歩前に出てくれたのは、頼りになる侍女のエイミーです。

「申し訳ございません、旦那様。あまりにも奥様がかわいらしいものですから、あたしには止めることができずっ」

「!?」

エイミー、それじゃあもしかして……気づいていたのですか？

「奥様は窓の外に旦那様のお姿が見えたとたん、花咲くような笑顔になって部屋を出ていかれてしまったんです。とてもではありませんが、呼び止められませんでした」

エイミーは私を庇っているつもりのようですが、むしろ辱められている気分です。

穴を掘ってそこに入り、しばらく引きこもっていたい……しばらく放っておかれたい……あまりの失態に震える私に、ギル様が声をかけます。

「メロディ」

おずおずと見つめると、ギル様は労るような優しい目をしていました。

「もう誰かから聞いたかもしれないが、クラディウス家が王城に招かれることは滅多にない。今後何かしらの催しがあるとしても、せいぜい城で主催するパーティー程度のものだろう。……だから、無理をするな。もっと肩の力を抜いていていい」

「……っ」

気遣いに満ちた言葉が、じんわりと私の胸に染みていきます。

「あと、そんなにたくさん本は載せなくても――ふぐッ」

ギル様は再び口元を押さえて後ろを向き、肩を震わせていました。くつくつと笑い続けています。

……台無しです。今のでぜんぶ台無しです！

頬を膨らませた私は、ギル様に背を向けて部屋に戻ることにします。

「奥様！」

歩きだした瞬間、エイミーが鋭い声で私を呼びます。

そ、そうでした。頭に載せた本のことを忘れたせいで、バランスが取れな――。

「危ない！」

ぐらりと身体が傾き、反射的に目を閉じます。

でも、覚悟していた衝撃が全身を打つことはありませんでした。

倒れかけた私の背中は、駆け寄ったギル様によって受け止められていました。見れば崩れかけた本の山も、すべてギル様の右手に載っています。

ぱちぱちぱち、とスウェン様が手を叩きます。

「お見事です、団長」

「感心してないで、さっさと本を取れ、本を」

「そうですね。逆ではお怒りになるでしょうから」

ギル様に睨まれても、スウェン様は涼しい顔をしています。相変わらずお二人は仲が良くて、羨ましいです。

「よっ、と。なかなか重いですね……」

スウェン様が五冊の本を受け取るなり、ギル様が私の顔を心配そうに覗き込みます。

「大丈夫か、メロディ。どこか打ったりは？」

はい。ギル様のおかげで、どこも痛くありません。

怒っていたのも忘れてにっこり微笑むと、ギル様がため息をつかれます。

「すまない。予定より帰りが遅れたのは、倒した魔物を焼くのに時間がかかったからだ。今回は雑魚がやたら多かったからな……」

そういえば討伐した魔物は、山のように積み上げて焼くと聞いたことがあります。死体から出る瘴気を、燃やすと抑えることができるのだとか。

私はギル様の手を借りて立ち上がりながら、ふっと思います。

──魔物って、食べられないのでしょうか。

「え？」

「？」

「ああ、いや。……メロディ。何か思いついたことがあるのか？」

どうやら、私はまた顔に出してしまっていたようです。

そこでエイミーが提案します。

「差し出口ですが、玄関ホールで立ち話をなさるよりテラスに出られてはいかがですか。今日はお天気もいいですし」

「ああ、そうだな」

エイミー、ナイスアイデア、です！

私たちは四人で、裏庭に設けられたテラス席へと移動します。公爵城の景観を損なわないために、裏庭の花壇には落ち着いた色の花が咲いています。この穏やかな風景を、私はとても好ましく感じていました。

エイミーは紅茶を淹れて、スコーンやメレンゲのお菓子が並んだ銀食器を並べます。文字を書く道具はスウェン様が持ってきてくれました。

私はインク壺にペン先を浸けてから、文字を書いていきます。

練習を始めてからいろいろな文字が書けるようになりましたが、まだまだ勉強中です。自分の言いたいことが伝わるように、言葉を選んで書いてみます。


【魔物】【食べる】【できる？】

「ま、魔物を食べる……ですか？」

エイミーの頬が、ひくひくと引きつっています。せっかく素敵なお茶会の場を用意してくれたのに、まさかこんな話題になるとは思ってもみなかったのでしょう。

見ればスウェン様も、ぽかんとしていました。私は、それだけでとても恥ずかしくなってしまいましたが……ギル様は、先を促すように頷いてみせます。

そう考えた理由を書くように、ということでしょうか。私はペンを持ち直します。

【世の中】【なんでも】【食べる】【できる】

「なんでも……」

ギル様が小さく呟かれます。

オスティン家での生活は、自給自足が基本でした。理由は単純で、そうしなければ生きていけないからです。

そのときから私は心に決めていることがあります。すべての素材を無駄なく使う、ということです。

魚の眼球には栄養がたっぷり詰まっていますし、見栄えが悪いからと野菜の皮を捨ててしまうのはもったいないです。

名前のない草でも、多くの野草にいろんな使い道があるように。討伐した魔物を燃やすだけでなく、食材として有効に活用できればと思ったのです。

でもギル様やスウェン様の格好や装備を眺めているうちに、もうひとつの案を思いつきます。

【魔物】【武器】【防具】【加工？】

「た、倒した魔物を武器や防具に加工するということでしょうか……？」

いよいよエイミーは卒倒しそうになっています。でも私も、ふざけて言ったわけではないのです。

いくつかのお芝居で、硬い殻や外皮を持つ魔物がいると語られていた覚えがあります。硬く丈夫な素材であれば、加工して武器や防具にすることはできないでしょうか。毛皮のある魔物なら、寒さを乗りきるための毛皮のコートにはできないでしょうか。

――なんて、無理に決まっていますよね。

魔物はまとめて燃やさないと、辺りに瘴気が発生してしまうそうです。加工したり食用に使うなど、きっと無謀なことなのでしょう。

それに私程度が思いつくことなのです。そんなことができるなら、とっくにどなたかが試しているはずです。

忘れてくださいというように、私は苦く笑ってお菓子に手を伸ばします。エイミーはいったん話が終わったことに、胸を撫で下ろしていました。

でもギル様はお茶にも手をつけず、何か真剣に考え込むような顔をされていたのでした。

◇◇◇

和やかなお茶会が終わって。

執務室に向かう道すがら、ギルバートは後ろを歩くスウェンに話しかけた。

「メロディの意見、お前はどう思った」

「回収した魔物を、武器や防具に転用する……というお話ですか？　一言で言わせていただくなら、荒唐無稽ですよ」

（だろうな）

スウェンの返事は予想通りのものだ。それに対する反論も、ギルバートは用意していた。

「だがスウェン。お前は見たことがあるのか？　息絶えた魔物から瘴気が立ち上るのを？」

「それは……」

スウェンが口を噤む。

彼の心の内は、包み隠さず見えている。スウェンの中にもひとつの疑念が生じていた。本当に魔物を放置すると、瘴気は発生するのか――と。

「思い返せば、倒した魔物を発見できないこともあった。だが、一度も瘴気の発生が報告されたことはなかったよな」

戦闘が終わったあとは動ける騎士が総出となって倒した魔物を運び、まとめて焼却している。

すべてを焼くことはできていないだろうに、今まで取り立てて問題は発生していないのだ。

「それでは、なぜ……死んだ魔物からは瘴気が発生するとされているのでしょう？」

「おそらく根底にあるのは、呪われているという考え方だ。魔物そのものが。魔物の多く出現する北領が。そして――クラディウス家に生まれる怪物がな」

「団長……」

気遣わしげに呼ぶスウェンだが、立ち止まったギルバートが吹っ切れたような笑みを浮かべているのに気づいて目を瞠る。

「……変わられましたね」

「そうか？」

目元を和ませたスウェンに、自覚のあるギルバートは軽く笑う。

「スウェン。次の討伐の際に試してみないか。しばらく焼かないでいると、魔物がどうなるのか。魔物を素材にし、武器や防具を作ることはできるのか」

一考の価値はあると捉えてくれたのだろう。スウェンの反応は、先ほどまでとは違っていた。

「分かりました。危険ですが、やってみましょう」

なんとなく、ギルバートには予感があった。メロディ自身も認識していないところで、彼女の存在は北領に新たな風を呼び込む――そんな予感が。

再び歩を進めながら、ギルバートは感心しきって言う。

「それにしてもメロディはおもしろい。俺が逆立ちしたって、あんな発想は出てこないぞ」

「そうですね。突拍子がないというか、奇抜な発想であるのは間違いありません」

褒めているのかは微妙だが、スウェンも心の内ではメロディに好感を抱いているのをギルバートは知っている。

「それに、今やメロディは多くの人間から慕われている」

「いくつかの話なら、僕の耳にも入っていますよ。水仕事で手が荒れたメイドのために保湿用のクリームを作って配ったとか、育てた野菜を使って手作りの菓子を振る舞っているとか」

そうだ、とギルバートはしきりに頷く。他にも城のあちこちから、メロディの活躍に関する声が聞こえてきていた。

メロディはいつも、知識と経験と突飛な思いつきで動き回る。本人の自覚は乏しいが、多方面において並外れた才覚を感じさせた。それは彼女が好奇心旺盛なのと、誰も頼りにできない環境で育ってきたことが影響しているのだろうが――。

（いつだってメロディは、相手のことを考えて行動しているから……気がつけば、心動かされずにいられないんだ）

ギルバートが何か手を打つまでもなかった。当初のメイドたちのように、あからさまにメロディを煙たがる人間はもう城内にいない。そもそも使用人の人柄はギルバート自ら選び抜いているので、あからさまに悪意を向けるような輩は最初からいなかったのだが。

「ですが、団長としては悔しいのでは？」

「…………」

そう指摘され、ギルバートは口を噤む。痛いところを突かれたからだ。

メロディの魅力について語る心の声は、ギルバートにとって快いものだった。もっと言え、もっとメロディを褒め称えろ、もっと多くの賛美を聞かせてくれ、なんて思ったのも生まれて初めてのことである。

しかしそれらの声は、同時にギルバートに深い傷を与えてもいた。

（『今日は奥様に付き添ってお散歩できて最高〜』だの、『自分の作った料理を奥様が褒めてくださった。わーい』だの……なんなんだ、俺への自慢か？　俺が心の声を聞いていると知った上での当てつけなのか？）

彼らがクラディウス家の異能について知るわけもないのだが、ついそんな被害妄想じみたことを考えてしまう。

ギルバートは城を離れる期間が長い。その間にもメロディは城に勤めるメイド、執事、庭師、料理人たちと次々と仲良くなっていくだろう。それについて思うところあるだろうと、スウェンは言っているのだ。

だがギルバートはきっぱりと答える。

「別に、悔しくはない」

「強がりですか？」

「断じて違う。メロディが手紙を書いたのも、離れに招待してお茶会をしたのも俺だけだからな。それなのに、何を悔しがる必要がある？」

メロディは誰にでも分け隔てなく優しいが、そんな彼女に特別扱いされているという自負がある。だから悔しがる必要なんてないとふんぞり返るギルバートを見て、スウェンは口元に手を当てて笑いだした。

「おい。なぜ笑う」

「いえ、すみません。奥様から手紙が届いていると聞いたとたん、『寄越せ』と飛びついて新人を怯えさせていた団長を思いだして」

「いちいち思いだすな」

ギルバートは舌打ちする。しかしスウェンの言葉には続きがあった。

「それと、嬉しかったものですから」

（嬉しい？）

意味を測りかねるギルバートに、笑いを引っ込めたスウェンが静かな声で言う。

「今まで団長は、あの離れにいい思い出なんてなかったでしょう。奥様が、そんな記憶を塗り替えてくださった。僕はそれがどうしようもなく嬉しいんです」

どうやら付き合いの長いスウェンもまた、勝手にいろいろ背負っていたようだ。それに今になって気づかされたギルバートは、彼の肩を軽く小突いた。

「誤解するな。……あそこでお前と過ごした時間は、昔から気に入っている」

「団長……」

照れ隠しも交えて、ギルバートは話題を変える。

「ところでメロディに毛皮のコートを贈るには、なるべく血を出さずに魔物を倒す必要があるな。スウェン、お前ならできるだろう。頼むぞ」

「……本当に変わられましたね、団長」

同じ言葉には、今回は呆れのニュアンスがたぶんに含まれている。ギルバートはこれにも、やはり小さく笑ったのだった。

◇◇◇

その日、エイミーを通してギル様からご招待を受けた私は、うきうきしながら部屋を出ました。

騎士団の訓練場に来てほしい、というのがギル様からのお言伝でした。公爵城の傍には、騎士様たちが寝泊まりする団舎が建設されています。風狼騎士団には二十の隊がありますが、常時半数近い騎士様が山中に築かれた砦に詰めているそうです。

道の分からない私の頭上に日傘を傾けながら、しっかり者のエイミーが案内してくれます。ギル様が騎士様たちの指導をしているときなど、たまに呼びに行くことがあるそうです。

「奥様、何を熱心に見てらっしゃるんです？」

エイミーの質問に、私は照れ笑いを浮かべます。

実は、何頭もの馬が繋がれた馬小屋の大きさに圧倒されていたのです。オスティン家の馬小屋いくつ分になるでしょうか？

「もうすぐ訓練場に着きますが、あたしから離れないようにしてくださいね。騎士団はむくつけき男の巣窟ですから！」

よく意味が分からないながら、私は真剣なエイミーにこくこく頷いてみせます。

騎士団の訓練場は、全部で五つ。本日ギル様がいらっしゃるのは、その中で最も面積の大きい第一訓練場だそうです。いつも非番の方が中心となり、合同で訓練しているのだとか。

屋外にある訓練場には、剣で打ち合う音が響いていました。刃を潰した剣や槍を使って、実戦形式の訓練を行っているようです。

あちこちから気迫のある声や、剣戟の音が響きます。固唾を呑んで見守っていると、ちょうど休憩中だったのか——訓練場の周りを囲む鉄柵にもたれるようにしていた騎士様たちが、こちらを見て目を剥きました。

「噂で聞いた通りの水色の髪、もしや」

「メロディ奥様だ！」

「あの団長がベタ惚れと噂の！」

「あの団長が！」

いろんな方が同時にわいわいと喋っているので、ほとんど聞き取れません。でも、なんとなく歓迎されているのが感じられます。

「やかましいぞ、全員とっとと並べ」

そこに颯爽と現れたのがギル様でした。訓練をつけていたようですが、ひとりだけ汗もかかずに涼しげにしていらっしゃいます。

私はエイミーと一緒に、どぎまぎしながら場内へ。

その間も乱れた髪を撫でつけたり、騎士服の埃を払ったり、首のタオルを地面に投げ捨てたりする騎士様たちですが、動きはとても機敏で、瞬く間に整列してしまいます。

三十人ほどの騎士様たちに向けて、ギル様が隣に立つ私を紹介してくださいました。

「俺の妻のメロディだ。丁重に接するように」

初めまして、メロディと申します。今後ともよろしくお願いします。

私がお辞儀すると、騎士様たちが敬礼を返してくださいました。

すると私と目が合った方は、それぞれ鼻の穴を膨らませたり、鼻の下を伸ばしたり、頬をだらしなく緩められたり。

どうやら、とてもユーモアのある方たちのようです。初めて訓練場に来た私の緊張を解すために、お顔で愉快な芸まで披露してくださって……。

心がじんわりと温かくなります。訓練に勤しむ皆さんの邪魔になってはいけないと思い、今まで訓練場に近寄るのは避けていましたが……これからは、積極的に立ち寄ることにしましょう。軽食なんかも差し入れたら、喜んでいただけるかもしれません。

「――そこの五人。あとそっちの二人も。走り込み十周追加だ」

その瞬間。

和やかに流れていた空気が、ぴしりと凍りつきます。

「団長……」

「じょ、冗談ですよね？」

ひくひくと顔を引きつらせる騎士様たちですが、ギル様の迫力ある表情は変わりません。

「俺の妻を下心丸だしで眺めた罰だ。口答えするなら、もう十周――」

「さっそく行ってきます！」

お怒りを受け、七人の騎士様たちが悲鳴を上げながら全速力で駆けだします。その背中を執念深く睨みつけるギル様がなんだかおかしくて、私は声を出さずに笑ってしまいました。

照れくさかったのか、ギル様がこほんと咳払いされます。

「メロディ。こうして君に来てもらったのは、見せたいものがあったからなんだ」

「？」

見せたいものとは、なんでしょうか。

それまで後ろに控えていたスウェン様がギル様に差しだしたのは、装飾の少ない鞘でした。

鞘からすらりと抜き放たれたのは――刀身まで漆黒の剣です。

「これだ。見てくれ」

武器に対して、きれい、という感想を抱くのは初めてのことでした。それとも剣を構えるのがギル様だからこそ、美しいと思えるのでしょうか。

ギル様は、剣を斜めに振ってみせます。

「一部の魔物が持つ角や牙について詳しく調べたところ、どんな金属ともまるきり性質が違っていてな。試行錯誤を繰り返して、今朝になってひとつ目の試作品が完成したところだ。少し重いが、切れ味は鉄よりも鋭く……何より頑丈だ。魔物を加工して作り上げたこの剣があれば、さらに多くの魔物を屠ることができるだろう」

表情を弾ませて剣を軽く振るギル様は、私の視線に気づくと我に返ったように剣を鞘に納めてしまいます。ああっ、もっと見ていたかったのに……。

「改良の余地はあるし、盾や鎧にまで活用できるかはまだ分からないが、この剣は大量生産に舵を切る方向で話を進めている。魔物の回収は騎士団が担当するとして、砦からの運搬や倉庫での保管、加工に製造に販売……各所に話をつけなければならないからな。まだまだ時間はかかるだろうが、北領全体を稼働させる一大事業になりそうだ」

ギル様はやる気に満ち満ちているご様子でした。

そんなギル様を見ていると、私まで嬉しくなってきます。すると笑顔の私に向けて、ギル様が微笑まれました。

「君のおかげだ、メロディ」

……私、ですか？

「俺はメロディが思いついたことを、代わりに試しただけだ。魔物を放っておいても瘴気が発生しないのも、君がもたらした発見だしな」

そういう意味でしたら、私は単にアイデアを出しただけです。こうして実現への糸口を見つけたのは、ギル様や、ギル様に協力してくださった皆さんです。

でも剣として有効活用できるのなら、魔物ってやっぱり食材としてもいけるのでは？

私は目を輝かせます。未だ誰も食したことのない未知なる魔物肉は、どんな味がするのでしょう。豚や鳥、兎に似ているのか、それともまったく別の味わいなのかも。

というか、ギル様のことです。すでにそちらも実用に向けて本格的に事業を立ち上げていて、剣の次は魔物の丸焼き肉を持ってきてくださるのでは――？

「それと魔物を食材にする件だが」

「！」

まさにその件です。待っておりました。

わくわくそわそわする私から、ギル様がふいっと目を背けます。

「……あっちはやめておこう。さすがに抵抗感がある」

そ、そんなご無体なっ。

私は思わず、ギル様のシャツの裾を掴みます。

もし魔物が食べられるなら、砦では半永久的な自給自足が可能になり、文化として定着すれば北領の食料自給率は全体的な向上が見込めるはず。自然災害による飢饉が起こっても、魔物が攻め込んでくる限り誰も食いっぱぐれないのです。

それにそれに、と目に力を込める私を見下ろして、ギル様が小さくため息をつきます。その目元は、ほんのり赤くなっていました。

「分かった。分かったから、そんな泣きそうな目で見つめるな」

え？　それでは――。

「君の熱意には頭が下がる。……剣の製造が一段落してから検討してみる。それでいいか？」

「……っっ」

感極まった私はギル様から手を離し、後ろに控えるエイミーに抱きつきました。

「きゃっ。どうされました、奥様？」

エイミーは困惑しつつ、嬉しそうにしています。ギル様を不愉快にさせてはならないと、直前に抱擁を思いとどまった結果でした。とっさの判断を下した自分を褒めてあげたいです。

「……いや、なぜ俺じゃなくそっち……」

何か呟くギル様に被せるように、一部始終を見ていた騎士団の皆様がひそひそ話をします。

「見たかお前ら。あの朴念仁の団長がおねだりに負けたぞ」

「気持ちは分かる。あんな上目遣いでお願いされちゃあ、イチコロだ」

「なんの話かはよく分からないけどな」

ひそひそ話というか、人数が多すぎてもはや大音量になっています。それにギル様が気づかないはずもなく――。

「全員、走り込み十五周追加だ」

訓練場には、再びの悲鳴が響き渡りました。


それから二時間後。

第一訓練場の見学を終えた私は、エイミーと共に元来た道を歩いていました。

私の頭上に日傘を傾けながら、エイミーが笑みをこぼします。

「奥様、楽しそうですね」

エイミーに指摘された私は、ますます頬を緩めます。

途中、用事があると訓練場を出ていかれてしまいましたが、それまでギル様はたくさんお話をしてくださいました。それが私には、とっても嬉しかったのです。

お役目から公爵城を留守にされがちなギル様ですが、エイミーによるとその頻度は以前より明らかに減っています。風浪騎士団の活躍により魔物の攻撃の勢いが一時的に弱まっている影響と、ギル様ご自身が砦に長く留まるのを避けているのだとか。今までは根を詰めすぎている傾向があったため、周りの騎士様たちもその変化に胸を撫で下ろしているそうです。

そして、私はその話を聞いた直後にこっそり思いました。

それはもしかすると、私と長く時間を過ごすためなのでは、なんて……。

……い、いけませんメロディ。これは自惚れというやつです。確かに前よりギル様のまとう雰囲気は柔らかくなり、笑顔を見せてくださることも増えましたが、その理由が私、などと思い上がってはいけませんっ。

ぺちぺち頬を叩く公爵夫人らしさ皆無の私にも、メイドさんたちが立ち止まって頭を下げてくださいます。ギル様が『俺そのものだと思って手厚く遇せ』と命じられたおかげで、私は日を増すごとに丁寧な扱いを受けていました。

ありがたさを噛み締めながら正面に視線をやると、お城の前に三台の馬車が止められているのを見つけました。

公爵城にお客様がいらっしゃるのは珍しいことです。しかも、こんなにたくさん。私が不思議がっていると、エイミーが教えてくれました。

「例の魔物加工事業の件で、鼻の利く商人や貴族は自分も一枚噛みたいと名乗りを上げています。今日も彼らとの面談や商談の約束が詰まっているので、旦那様はかなりお忙しくされているみたいです」

なるほど。それでギル様は、慌ただしく訓練場を出ていかれてしまったのですね。

「ちなみに――留まるところを知らない奥様の城内での評判ですが、いずれ城下でも話題になっていくと思います」

「?」

私の評判や話題?

「今までの北領はジリ貧でした。旦那様率いる風狼騎士団は、向かうところ敵なしですが……軍事力を持続かつ強化していくには、どうしたって多額の資金がかかるものです。もともと北部の地味は痩せていて雨も少ないですから、農業が盛んではなく、他の地域に比べて目立った特産物もなくて。――ですが、これからは違いますよ」

きらり、とエイミーの目が光ります。

「今後、武器については自給自足が可能となります! 余ったものは、他の地域に売りだすこともできるでしょう。いずれ武器だけでなく、防具や装飾品、布製品にも使っていくご予定があるそうですから、需要はさらに高まるかもしれません！」

彼女の勢いに、私は反射的にぱちぱちと手を叩きます。数週間前はこの話題に顔を青くしていたのが嘘のように、エイミーは喜色満面でした。

「魔物の出没が少ない地域では、素材に使う魔物自体がそもそも手に入りませんからね。北領のやり方は、国王陛下にだって真似できません」

魔物の猛攻を一手に引き受けているのがギル様と風狼騎士団です。討ち漏らした魔物や、他国から侵入してきた魔物が別の地域に姿を見せることはあっても、その数は北領にまったく及びません。だからこそギル様もまた、北領を挙げての一大事業だとおっしゃったのでしょう。

城の廊下を歩きながら、エイミーが照れくさそうに付け加えます。

「あたしみたいに、魔物となると最初は抵抗感を覚えたり、受け入れられない人もいると思います。でもきっと、そんな認識は少しずつ変わっていって……たくさんの人が、奥様と旦那様に救われるはずです」

エイミーの言葉が、私の胸にすぅっと染み込んでいきます。

公爵夫人としての務めを、何一つ果たせていないと思っていました。でも私は――ほんの少しだけでも、お役に立てたのでしょうか？

嬉しくなった私は、持ち歩いている小さな紙に文字を書きます。毎日練習して、ギル様へのお手紙をしたためた甲斐もあって、最近はちゃんとした文章が書けるようになってきました。

「はいっ。なんですか奥様？　ええと……【じゃあ魔物肉もいけるかしら？】……」

紙を見せると、エイミーが微笑んだまま沈黙します。

それから、唐突に明後日の方向を向くと。

「奥様の発想力が、未来の北領を豊かにしていくなんて。あたし、専属侍女として本当に誇らしいです！」

エイミーったらそんな、まるで何事もなかったみたいに……。

しずしずと紙を仕舞う私の後ろで、エイミーが嬉しげに言います。

「あっ。久しぶりに、今夜は恵みの雨が降りそうですね」

「………、」

笑みを浮かべて窓の外を見上げるエイミー。彼女とは対照的に、私は顔を強張らせます。

晴れていたのが嘘のように、空は真っ黒になっていて。

公爵城の頭上を、山から流れてきた暗い雲が覆っていました。

第七章　雨の日は、あなたの腕の中で

ざあざあと、煙るように雨の降る夜。

私はベッドの片隅で膝を抱え、シーツにくるまっていました。

雲を見て思った通り、夕方から降りだした雨は夜になると雷雨へと変わりました。ときどき、カーテン越しでもまぶしいほどの光が部屋を包みます。それに遅れて、何かが爆発するような音がするたびに私は身体を震わせました。

北部には高山が多いです。ここからそう遠くない山の頂上に、雷が落ちているのでしょう。

両目を閉じていても、両手で耳を塞いでも、ゴゴゴとお腹の底に響く雷の音が遠ざかることはありません。

エイミーやジタたちは毎夜、交代で見回りに来てくれています。でも雷が怖いなんて、子どものように訴えるのは憚られました。

私が頭を下げて頼んだら、きっと彼女たちは寝室に留まってくれるでしょう。でも明日もお仕事があるのに、寝ずの番なんてさせられません。

だから雷が落ち着くまでは、ひとりで耐えるしかありません。馬小屋で何度もそうしてきたように。私は今まで、そうやって生きてきたのですから。

でも、どうしてでしょう。身体の震えが止まりません。運動したときのように息が激しく切れています。

もしかしたら私は、公爵城に来てから日に日に弱くなっているのかもしれません。温かな人々に囲まれて日々を過ごすうちに、以前の私が持っていたはずの固く張り詰めた何かは、どこかに消えてしまったようでした。

それがいいことなのか、悪いことなのか、私には判別がつきません。でも、ここで得られたものを否定することもできないのです。――ギル様に会いたい、と想う心だって。

「っ……」

ふるふる、と私は首を横に振ります。

ギル様は誰よりも忙しくされていらっしゃるのです。魔物加工事業も進められている最中に、こんな個人的なことで頼るなんて……。

いけない、と何度も胸の内で唱えながらも。少しだけ外が静かになったとたん、私はベッドから出ていました。

壁にかけられた手燭に火をつけて手元を照らすと、【ギル様のお部屋に行ってきます】と書き置きを残します。字が少し震えてしまいましたが、これでエイミーたちは心配しないはず。

蝋燭の炎は消しておきました。雷に驚いて絨毯に落としでもしたら、大惨事になってしまいますから。

薄い夜着の上にガウンだけを羽織って、部屋のドアを開けます。

広い公爵城の廊下は暗澹たる闇に包まれていました。でも暗闇には小さい頃から慣れていま す。深呼吸し、足音を忍ばせて部屋の外に出ました。

私は長い廊下を壁伝いに進み、主階段を上っていきます。窓の外がぴかっと光るたびに身体が竦みましたが、必死に足を動かします。

ギル様のお部屋は五階にあると、エイミーから聞いていました。でも階段を上りきったところで、どうしよう、と私は再び悩みだします。

五階はギル様の私的な空間で、普段はスウェン様しか立ち入りを許されていないそうです。

ここに入るな、近づくなと追い返されてしまったら？

大した用もないのに迷惑だとうんざりされてしまったら？

……それでも、一縷の望みに縋ろうと思いました。

再び壁に手をやりながら、五階の廊下を歩いていきます。こんな夜更けに、執務室でお仕事をされていることはないはずです。おそらくギル様は、奥側にあるだろう寝室で休まれているのではないでしょうか。

ドアの前に立つと、緊張で手が震えます。片手だけでは音を鳴らせそうにありません。私は右手を左手で包むように握り込むと、その拳をドアに当てました。

こん、と軽く音が鳴ります。たわいもなく雨音に紛れてしまうだろう、小さな音でした。

「スウェン？」

俯きがちになっていた私は、ぱっと顔を上げます。ドアの向こうから、確かにギル様のお声が聞こえました。

声のない私には、返事ができません。その代わり必死に、必死に念じました。

ギル様、夜遅くに申し訳ございません。五階に伺う許可も得ていない中、こんな時間にお訪ねするなんて非常識だとは分かっています。それでも私、どうしてもギル様に会いたかったのです。

そんな思いが通じたわけではないでしょうが、訪問者をスウェン様だと誤解されたギル様がドアの前に立たれる気配がしました。

間もなく、ドアが内側に開きます。小さなランプの光すらまぶしく、私は目を眇めました。

「メロディ……？」

目の前に、バスローブ姿のギル様が立っています。私を見ると、驚いたように目を見開かれました。

「入ってくれ」

理由を聞かず、ギル様は私を部屋に招いてくださいます。

「すまない。少しうたた寝していた」

欠伸を噛み殺すギル様の寝室は、公爵城の主の部屋とは思えないほど質素な内装でした。

私に宛がわれている部屋よりも、飾りや調度品がずっと少ないです。本当に寝るためだけに用意された空間、という感じでした。

湯浴みされたばかりなのか、ギル様は濡れた髪をタオルで拭いています。前の開いたバスローブからは、鍛え抜かれた武人の肉体が覗いていて――。

「！」

見慣れない男の人の裸身を間近で目にした私は、その場に卒倒しそうになります。でもそんな余裕は、空に稲妻が走った瞬間に失っていました。

「ッ……！」

「メロディっ？」

気がつけば私は、その場に蹲っていました。

そんな私に、ギル様は驚いたようでしたが……やがて、静かな声でおっしゃいます。

「雷が、怖いのか」

声を持たない私は、たぶんそのとき心の中で悲鳴を上げていたのだと思います。溢れそうになる涙を堪える代わりに、へにゃりと笑ってしまいました。

どうしていつも、声にならない声すらギル様には聞こえてしまうのでしょう。あなただけが、小さくて弱い私に気づいてくださるのでしょう。

——ねぇ、ギル様。

あなたに甘えて、弱音を吐く私を許してくださいますか。

ギル様のおっしゃるとおりです。私は…………私は昔から、雷が怖いのです。

いつからかは分かりません。でも、物心ついた頃からそうだったような気がします。私は世の中にある何よりも、雷が恐ろしくて堪らないのです。

雨だけなら、まだなんとかなります。身体も気分もひどく重くなりますが、なんとか家事をすることはできました。でも、雷にはどうしても耐えられません。

小さな馬小屋にいると、雨粒が屋根を叩く音がまるで全身を穿つようでした。いつもは真っ暗な小屋の中すら、逃がさないというように何度も何度も照らされて、轟音が世界を包みます。

そんなとき、私は泣きながら身体を抱きしめます。誰かに、一緒にいてほしいと思いました。そうすればどんなに恐ろしい夜にだって、耐えられる気がしたから。

「——ッ！」

びくりっ、と私は全身を震わせます。

強すぎる光から一拍遅れて、雷鳴が轟きます。

両目からとうとう涙がこぼれ落ちたとき、私の身体はふわりと宙に浮いていました。

「っ？」

ギル様が、私を抱き上げていました。

逞しい両腕は、私の背と膝の後ろを支えています。ギル様はそのまま、部屋の奥まで私を抱いて歩いていかれます。

ギル様は壊れ物を扱うような手つきで、私をシーツの上へと下ろしました。二人分の体重を受け止めたベッドが、ぎしりと軋む音がやけに大きく聞こえます。

ギル様は何も言わないまま、私の胸のあたりまで薄い毛布をかけてくださいます。そうして二人で、並んで横になりました。

また、外では雷が鳴ります。反射的に大きく震える私の肩を、向かい合うギル様の手がそっと叩きます。

「……大丈夫だ、メロディ。傍にいる。俺が、一緒だから」

私の濡れた目元に、優しい口づけが降ってきました。

「！」

ちゅっ、と軽やかな音が耳朶を打ちます。その音は落雷の音より大きく感じられました。

キスは、それだけでは終わりません。目蓋に、こめかみに。鼻の頭に、頬に、耳たぶに。ギル様の大きな手と唇が、私の身体の至るところに触れていきます。

それは子どもをあやすような、優しい口づけでした。こんなふうに、大切な何かを扱うように誰かに触れてもらうのは、私にとって初めてのことでした。

最初はばくばくと騒いでいた心臓の音が、次第に落ち着いていくのを感じます。強張っていた肩からも力が抜けました。

ギル様の大きな手が、ぽん、ぽん、と一定のリズムで私の肩を叩きます。そのたびに、癖のない短い銀髪が揺れます。

よく通る低い声が、耳元で囁きました。

「怖がるな。何も、恐れなくていい。君は今、雷なんかよりもずっと恐ろしい男の腕に抱かれているんだから」

言い聞かせるような言葉に、私はふるふると首を横に振ります。目の前の厚い胸板へと、自分の額を押しつけるようにしました。

いったいあなたのどこが、恐ろしいというのでしょう。

私は、こんなにも優しい腕を知りません。温もりを知りません。

無我夢中で手を伸ばして、両手をギル様の首の後ろに回しました。

自分から抱きついたような姿勢になると、一度は落ち着いたはずのドキドキがさらに増していきます。

薄い夜着越しに、この音はギル様にだって聞こえてしまっているはずです。それなのに、聞いてほしいとすら思う浅はかな自分がいるのです。

「っ、メロディ。さすがに、この体勢は……」

「…………」

ギル様の声音が困惑に揺れているのを知れば、私は悲しくなって眉を寄せます。その顔は見えなかったはずなのに、ギル様は咳払いして言い直されました。

「……いや、いい。これで君が安心するなら」

肩に置かれていた手が、躊躇いがちに私の背中に回されます。

やっぱりギル様は――誰よりも、優しい方です。

どこかで雷が鳴った音すら、もう無闇に怖くはありませんでした。

私はギル様に頬をすり寄せます。お風呂上がりのギル様の身体は、ぽかぽかと温かくて……ここまで近づいてようやく分かる程度に、うっすらと花の香りをまとわせていて。

彼の体温と匂いを余すところなく感じながら、私は目を閉じました。

――翌朝。

目を開けると、すぐ近くに美丈夫の顔がありました。

「……っ⁉」

起きがけの私はすっかり仰天です。

な、何事でしょう。どうしてギル様の寝顔が、触れられるほど近くに？

慌てふためいて距離を取ろうとしますが、私の後頭部はギル様の腕によってがっちりホールドされています。ここから抜け出るのは容易ではなさそうです。

そんな私の動揺など知る由もなく、ギル様はすやすやと眠っていらっしゃいます。小さく開いた唇から漏れる穏やかな寝息が、私の鼻を撫でました。

とても冷静ではいられませんが、私は意識して呼吸を落ち着かせながら、昨日の出来事を思い返してみます。

そう。昨日は夕方から雨が降りだして……夜になると、激しい雷雨になって。耐えられなくなった私は、ギル様のお部屋を訪ねたのです。

スウェン様以外は立ち入りを許されていないのに、ギル様はいやがることもなく私を寝室に招いてくださいました。そして私は、一緒のベッドで寝かせていただいたのです。

昨夜の雷雨なんて嘘だったかのように、窓の外には明るい空が広がり、白い雲が棚引いていています。

今になって、じわじわと共寝の実感が押し寄せてきて……私はひとり、頬を染めます。

共に朝を迎えるなんて、まるで夫婦のようでは？

いえ、本物の夫婦ではあるのですが……私たちは、一般的な夫婦とは違います。利害が一致したからこその、愛のない結婚でしかないのです。

一抹の寂しさが込み上げて唇を噛み締めていると、もぞ、とギル様が身動《みじろ》ぎされます。

「ん……」

「っ⁉」

私はぎょっとしました。なんと、ギル様が裸だったからです。

……あっ、寝ているうちにバスローブがはだけてしまったのですね。そういうことですよね。

びび、びっくりしました。

清く正しい妻であれば、夫が風邪を引かないよう、ここはバスローブを着直させてあげるべきでしょう。そして腕を抜けだし、寝室を出て、何事もなかったように自分の部屋に戻る……これです。これしかありませんよね。

そんな私の耳に、悪魔が囁きました。

……肌にちょっと触れるくらいなら、許されるのでは？

私はごくりと喉を鳴らします。悪魔ったら、ひどい誘惑です。意識のないギル様に勝手に触れるなんて、いけないに決まっています。

でも、こんな機会はもう二度とないかもしれません。だって私たちは、ふつうの夫婦ではないのですから。それなら、それなら……。

葛藤の末。とうとう私は自分の中の悪魔に屈しました。

まずはギル様の頬に、そぉっと指を伸ばします。

うわぁ、うわぁ。お肌すべすべですね。まるで大理石に触れているみたいに滑らかです。

至近距離でまじまじと見つめてみます。整えられた眉毛。きれいな目蓋。びっくりするくらい長い睫毛。すごいっ、羊の毛に負けないくらい高密度で、たくさんの睫毛が生えてらっしゃいますね。睫毛の長さを競う大会があるなら、一、二を争う睫毛でしょう。

ひとしきり顔の造形の良さを味わったあとは、くっきりと浮き上がる喉仏にも少しだけ触れてみます。私の身体にはないからか、指先で触れるだけでドキドキします。

お話ししているとき、この喉仏が動く様子についい気を取られてしまうこともあります。底抜けの威力です、ギル様の喉仏。

お次は、はっきりと浮き出た鎖骨にも触れていきます。眠っていても深いくぼみがあって、人さし指がすっぽりと嵌まってしまいました。こちらもずっと触っていたいくらい魅力的です。そしてやっぱりすべすべ。

彫刻のような胸板はといえば、もはやこちらは芸術の域に達しています。神様が七日間かけたとしても、こんなに整った胸板を造り上げるのは不可能だと思います。

私は楽しくなってきて、胸板から鍛え上げられた腹筋へと指を這わせていきます。昨夜、垣間見えてからずっと逞しいお身体が気になっていたのです。

そうしてぺたぺた触れてみて判明しましたが、なんとギル様の腹筋は八つに割れていました。や、八つ……私は二つにも割れていないのに、まさかの八つだなんて！

驚嘆を押し殺して、さらにぺたぺたしているうちに発見します。

今まで筋肉は硬いものだと、勝手に思っていました。でもギル様のお身体は違います。

むしろ、しなやかで柔らかいのです。ただがむしゃらに鍛えたのではなく、洗練された――本当に鍛え上げられている方の身体というのは、こういうものなのかもしれません。

私は感心しながら、さらに指を這わせていきます。そのとき、気がつきました。

あ……。

よくよく見れば、ギル様の肩やお腹にはいくつもの傷がありました。傷自体は塞がって久しいようですが、痛々しいのには変わりありません。

お芝居では、ギル様はすべての攻撃を躱せる――と当たり前のように言っていましたが、そんなはずはないのです。どんなにお強くても、ギル様は神様ではありません。私たちと同じ、人なのですから。

これだけの傷を負いながら、この方はずっと前線に立って戦い続けてきました。

私が触れたって、ギル様が味わってきた痛みを取り除けたりはしません。そう分かっていても、もっと、もっと触れたくなりました。

そんな思いで、腹筋に両手を這わせたときです。

「――気は済んだか？」

心臓が止まるかと思いました。

私はぎぎぎ、とぎこちない動きで顔を上げます。

そこには、楽しげに微笑む美貌のお顔が待ち受けていました。

「…………っっ！」

もしも私に声があったなら、ひゃああっとあられもなく叫んでいたことでしょう。

おっ、起きていらっしゃったなら、早く言ってくだされぱいいのに！

朝に弱いのでしょうか。起き抜けのギル様はどこか気怠げで、信じられないくらい色香があって……そんな彼が、自身の腹筋に置かれていた私の手を無造作に絡め取ります。

私は惚けたまま、ただ見ていることしかできませんでした。少しだけ開いたギル様の唇に、自分の指が運ばれていくのを。

「悪い子には、お仕置きだ」

何か。

蕩けそうに熱く湿った何かが、左手の人さし指を包み込みます。そして――。

「……――っ⁉」

い、今、指を――舐っ、吸っ！

私の頬にぶわわわわっ、と熱が上ります。

指を引っこ抜いて取り戻した私は気がつけばギル様の腕から逃れ、もがくようにベッドから脱出していました。

「おい、メロディ……」

ベッドの上でギル様はまだ何かおっしゃっていましたが、羞恥心に耐えられず……私は振り返らないまま、ぴゅんっと寝室を飛びだしていたのでした。

淑女にあるまじき全力疾走。

息せき切って自室に戻ってきた私は、朝食も食べずに引きこもります。

シーツを被って、先ほどの出来事を思いだしては悶々としていると、スキップするような足取りでやって来たのはエイミーです。

「奥様！　起きていらっしゃいますよね、奥様〜！」

いいえ、足音はひとりのものではありません。シーツから顔だけ出した私は、そこで唖然としました。

目の前に、なぜか公爵城で働くメイドさんたちが勢揃いしているのです。目を白黒させる私に向かって、まず揃って口を開いたのはエイミーとジタでした。

「奥様、おめでとうございます！」

それに倣うように、他のメイドさんたちが拍手しながら唱和します。

「このたびは誠におめでとうございます！」

みんな、なぜか両目から涙を流しながら祝福してくれました。その内の何人かは手にバスケットを持ち、色とりどりの花びらまで散らしています。

何を祝われているのか分からず固まる私に、エイミーが頬を火照らせながら言います。

「書き置きを発見したとき、まさかとは思いましたが……聞きましたよ。早朝、旦那様の寝室から乱れた格好で飛びだしてきた奥様のお話！」

「⁉」

だ、だだ、誰がいったいそんなことをっ！

ぶるぶる震える私に、ジタが教えてくれます。

「目撃した方がいて、城内はその話で持ちきりです。もはや他の話は誰もしていませんよ」

お願いですから、他の話をしてください！

……というか、あれ？　私はひとつ、重大なことに気がつきます。

そもそも五階に近づけるのは、主であるギル様とスウェン様だけです。たとえば四階を歩いていた方が、五階から下りてくる私を見かけるくらいはおかしくありませんが、それではどの部屋から出てきたかまでは分からないはず。

つまり、私が寝室から出てきたことを広めた人物は――消去法的に、スウェン様なのでは。

いつもギル様の後ろで涼しい顔をなさっているスウェン様が、ほくそ笑んでいるのが頭に浮かびます。

というかギル様は、噂のことをご存じなのでしょうか。未だ感触の残る人さし指がやにわに熱を帯びて、動悸が騒がしくなります。

「ああっ、ようやくこの日が来ましたね、奥様！　あたし、本当に嬉しいです！」

もはや私が懐妊した、というレベルで喜ぶエイミーですが……違います。大いなる誤解です。確かに共寝はしましたが、それ以上のことは何もなかったのです。

ということを、私は紙に書いて伝えます。その内容に、とりあえずみんな納得してくれたようです。

「そうなんですね。残念ですが……分かりました」

これで追及は終わってくれたようです。

それぞれがっかりしつつも、大人しく仕事に戻っていきます。花びらの後片付けもちゃんとやってくれました。

しかし、ひとりだけ部屋に残ったエイミーは鋭い目で私のことを見つめています。

「それで奥様。前々から伺おう伺おうと思っていたのですが、奥様は旦那様のことをどう思われているんですか？」

ぴゃっと私は跳び上がります。その反応をどう捉えたのか、エイミーは眉尻を下げました。

「旦那様は確かに北領を守護されている立派な方です。けれど人柄に関しては難が多いです。粗野ですし、話し方は乱暴ですし、無愛想ですし……ただの顔だけ男です。欠点を挙げたらキリがありません」

エイミー、ギル様のことは心から尊敬していたのでは？

「それで——あたしの目で見る限り、奥様はそんな旦那様に好意を持っていらっしゃいます。

でも、愛想を尽かされているんじゃないかと心配になってきて……」

な、なるほど。エイミーなりに、私たちのことを心配してくれていたようです。

でも、根本的な誤解があります。重要なのは、私がどう思っているか、ではありません。

【ギル様は私のことが好きじゃないから】

ええっ、とエイミーが悲鳴のような声を上げます。

「ど、どうしてそんなふうに思われるんですか？　お二人の間に何かあったんですか？」

【愛さないと言われたから】

「な、何がどう転んだらそんなことに」

【結婚式のときに】

「で、でも奥様。ここ最近の旦那様のご様子を見てください、不器用ながら奥様にだけはお優しいじゃないですか！」

私は少しだけ考えて、ペンを走らせます。

【もともとお優しい方だから】

エイミーの言う通り、私もときどき……本当にときどき、勘違いをしてしまいそうになるけれど。

でも、弁えなければなりません。自分の気持ちに嘘をつくのは、本当に下手ですが……私の顔が、これ以上うるさくなってしまわないように。ギル様を煩わせてしまわないように。

「あああ……」

エイミーは額に手をやって、ふらふらしています。めまいでもするのかと思いきや、何か小声でぶつぶつ呟いています。

「これは――とにかく始まりが悪かったのね。もっと旦那様に、がんばっていただかないと」

「？」

「大丈夫です。奥様は何も悪くありませんから！　悪いのはすべて旦那様ですから！」

エイミーは窓を開け放つと、「ぜんぶ旦那様が悪ーい！」と空に向かって叫んだのでした。

◇◇◇

「それでは、運搬についてはこちらの商会に一手に任せるということで」

「ああ。流通経路も確保できているし、それがいいだろう」

その日、一通り話すべき議題を終えてギルバートは椅子の背にもたれかかった。

息を吐きながら、目頭を揉む。魔物加工事業について、まだまだ検討すべきことは多い。

凝った肩を回していると、世間話のような体でスウェンが言う。

「そういえば団長」

「ん？」

「奥様との初夜はいかがでしたか」

「――んなッ」

明け透けな問いかけに、ギルバートの頬が瞬時に熱を持つ。

今朝の出来事は、なるべく意識から遠ざけて平常心を保とうとしていた。そんな努力を嘲笑うような発言である。

ギルバートの動揺ぶりを観察したスウェンが、やれやれと言わんばかりに肩を竦める。

「その初心な反応を見るに、どうやらまだ一線は越えられていないようですね。……はぁ。噂も広めておいたのに、団長にはがっかりです」

よくも好き勝手なことをぬけぬけと、とギルバートは唸る。こいつ、自分が既婚者だからと上から物を言いやがって……。

「って、ちょっと待て。噂というのはなんだ」

「乱れた服装の奥様が団長の寝室から飛びだしてきたと、城中に流布しておいたんです」

本当に何をやってるんだ、こいつは。

「でも、逆に考えるとあれですね。なんやかや、周りがそういう空気になっていたら自然とこう……奥手な団長と奥様もその気になって」

「なるか！　アホか！」

ギルバートは執務机を叩いて吠える。

「俺が周囲の空気に流されて、一線を越えたりするものか」

「そうですね。団長は紳士的な方ですからね」

「ひどい棒読みだぞ」

「いえ。本当の紳士なら、部屋を訪ねてきた妻には応えたほうがいいのではないかと」

何も知らないスウェンに、ギルバートは呆れてため息をつく。

「違う。メロディは、雷を怖がって俺のもとに来ただけだ」

「はぁ。雷ですか……」

――メロディが部屋を訪ねてきたとき、正直、期待しなかったといえば嘘になる。

だが、雨に怯えて瞳を潤ませるメロディを目にしたとき、彼女を守ってやりたいと思った。

北部の領主としての義務ではなく、ただ傍にあって、その涙を止めてやりたいと。

誰かに対して、そんなふうにギルバートが感じたのは初めてのことだった。

「それに――お前はメロディのことを、何も分かっちゃいない」

「と、いいますと？」

「メロディは、信じられないほど愛らしいんだ」

「……はい？」

スウェンが瞬きを繰り返す。ギルバートはお構いなしに力説した。

「純真無垢というか、魂そのものが清らかというか、とにかく可憐極まりない。そんなメロディを前にして、俺が今までどれだけの試練に耐えていると思う？　もし、お前が俺の立場なら――いや、そんなことは天地がひっくり返っても許さないが――メロディの了解を得ることもせず彼女に狼藉を働いていたはずだ。そうに決まっている」

「団長。戻ってきてください。だんちょーう」

ふりふり、と顔の前で手を振られ、ギルバートはその手をぱしんと払う。

だがスウェンは怯まなかった。むしろ猛攻を仕掛けてきたのだ。

「つまり団長。好きなんですね？」

「――はっ？」

「団長は、奥様のことが、お好きなんですね？」

一節ごと区切るように問われれば、ギルバートの思考が一瞬停止する。

（俺が、メロディを……好き……？）

思いだされるのは、やはり今朝の出来事である。

上空を雨雲が去ったあとのメロディは、もとの好奇心旺盛な少女へと戻っていた。

今朝、実はメロディより早くギルバートは目覚めていた。目の前の愛らしい寝顔に手を伸ばすでもなく、ただひたすら眺めていたら、彼女が起きだしてしまったので狸寝入りをしたのだ。

最初、メロディはぺたぺたとギルバートの顔に興味深げに触れていただけだった。子どもの悪戯のようでかわいらしくて、そのまま放置していたのだが……それが良くなかった。

ギルバートがまったく目を覚まさないのに気づき、メロディは調子に乗っていった。鎖骨に喉仏、胸部に腹部。彼女にそんなつもりがなかったのは百も承知しているが、白魚のような指はかなり際どいところまで触れていた。まるでギルバートの忍耐力を限界まで試すように……。

あの場で理性を失わなかった自分を、ギルバートは褒めてやりたいくらいだ。

(そうだ。あんなの。あんなの……俺が堪え性のある男じゃなければ)

限界を知らないように、顔がどんどん赤くなる。彼女の小さな指が戯れのように触れる感触を思いだして、身体の芯が燃えるように熱くなった。

(俺は、メロディを……)

ギルバート自身にも分かっている。俺はすでに、憎からずメロディを想ってしまっている。他の誰にも感じたことのない温かな感情を、彼女に抱いてしまっている。

メロディが、かわいい。

慈しみたい。愛おしみたい。ぐちゃぐちゃに甘やかしてやりたい。

もっと深く触れてみたい。まだ見たことのないメロディを知りたい。その表情を独占したい。

欲望というのがこんなにもおぞましく、限界を知らないものだと、今までギルバートは知らなかった。だが、知らなかった頃には二度と戻れないだろうし、戻りたいとも思わない。

「……はい。その紅潮した顔を見る限り、否定する気もないようで安心しました。というか我が身を振り返っていただきたいのですが、最近の団長はとにかく多幸感がすごいです」

「……なに？」

「奥様のことがかわいくて仕方がない、目に入れても痛くないと、顔に書いてありますし」

真っ向から指摘されて、ギルバートはしどろもどろになる。

「そ、そんなに分かりやすいか、俺は」

「はい。むしろ、あれで分からない人間がいるなら鈍感すぎるくらいです。いえ——このままではひとりだけ、いつまで経っても好意に気づかない方がいますが」

「誰だそれは」

「奥様です」

ギルバートは愕然とした。

「どういうことだ」

出来の悪い生徒に教え諭すような口調で、スウェンが言う。

「いいですか。奥様にとって団長の第一印象は、正直最悪です。胸に手を当てて思いだしてください、奥様が公爵城に現れた日に団長が働いた無体の数々を」

「…………」

思いだすまでもなく、記憶にある。

メロディを城の前から追い払おうとしたこと。結婚式では愛さないと一方的に宣言し、口づけすらしなかったこと。そのあとは魔物の対処にかかりきりで、彼女を放置し続けたこと……。

分かってはいたが、嫌われて当然のことをギルバートは繰り返している。現時点でメロディに愛想を尽かされていないのが不思議なくらいだ。

だが――メロディの心深くまでを覗いても、そこにギルバートへの怒りや失意が見えることはない。そのせいで、自分でも知らず知らず、過去の行いを許された気になっていた。

優しい少女だ。自分にばかり厳しく、他人にはすこぶる甘く寛大である。それはおそらく、彼女が与えられずに生きることに慣れているからだった。

メロディは自身を取り巻く他人の行動を、とにかく好意的に受け取ることから関係を始めるのだ。そうすれば絶望に陥ったとき、すべて自分のせいにできる。誰かを責めないで済む。そんなメロディのあり方が痛ましくて、愛おしくて仕方がない。

ギルバートはひどく痛む胸を、服の上からぎゅっと押さえる。その顔をちらりと見やったスウェンは、やはり手心なく指摘する。

「今のところ、確かに団長は奇跡的に名誉挽回しています。ですが奥様は真面目な方ですから、出会ったばかりの頃に仰せつかったことを律儀に覚えていらっしゃると思いますよ」

それもスウェンの言う通りだった。雷に怯えたメロディがなかなか五階に上がってこなかったのも、そのせいだ。

心を読む異能は万能ではない。その他にもギルバートのいないところで、メロディは多くの悩みや苦しみを抱えているのかもしれない。

それをまざまざと痛感したとき、ギルバートは苦悩のあまり頭を抱えていた。

「………時間を巻き戻す異能がほしい」

「それはまた、なんのために？」

「メロディと出会った日からやり直すんだ」

数秒間の沈黙の末、堪えきれないようにスウェンが噴きだす。

「本当に――ずいぶんと、人間らしくなられたようで」

「……うるさいな……」

ギルバートは忌々しげに舌打ちする。

生温かい目で眺められて気に障るが、スウェンがいるからこそ、現状のままではまずいと認識できたのも事実である。

（時間を巻き戻せば、結婚式からやり直せるのに）

認識しつつも、まったく解決に繋がらないことを真剣に考えるギルバート。そんな彼の胸に、ふと疑問が兆した。

（……結婚式。口づけ……？）

それは、とてつもなく重要な違和感のような気がした。

その予感に突き動かされて、ギルバートは従者の青年を見据える。

「スウェン。結婚式は、口づけをするものだよな？」

薮から棒の問いかけに、スウェンは目をしばたたかせる。

「はぁ、そうですね。団長はしませんでしたが」

「どさくさに紛れて、俺の精神を攻撃するのはやめろ」

（待てよ。なら、今までのこともすべて……）

ギルバートはしばし黙考する。揃っている情報をひとつずつ頭の中で整理していく。ことメロディの心の声や一挙一動に関して、ギルバートから抜け落ちている情報はひとつもない。

「すみません、団長。いじめすぎましたか」

考え込むギルバートに、だんだん不安になってきたらしい。気遣わしげなスウェンに、ギルバートは執務机越しに向き合った。

「そうじゃない。――スウェン、人を探してくれ」

スウェンが姿勢を正す。ギルバートの表情が固いことに気づいたのだろう。

「どなたを？」

短く指示を出すと、スウェンは驚きながらも「了解しました」と頷いた。

ギルバートの推測が正しければ尋ね人は見つかるはずだ。

そしてもうひとつ、やるべきことがあった。

「西の魔女に会いにいく。呪術については、専門家に聞くに限るからな」

第八章　隣で同じ景色を見ていたいのです

翌々週の朝。私はギル様の執務室に呼ばれていました。

正直、最初はとても緊張しました。というのも私がお身体に許可なく触れた翌日から、ギル様は公爵城を留守にされていたからです。

些ではなく西のほうにお出かけされるとのことで、きっと何か大切な用事があるのだろうと思いましたが……本当は私の行為にお怒りで避けられているのではと、気が気ではありませんでした。暗い顔をしているたび、エイミーが『旦那様はこれだからー！』と地団駄を踏んで励ましてくれましたが。

でも西領から戻られたギル様をお出迎えすると、「今日は頭に何も載せていないんだな」といつも通り笑ってくださいました。

そんな彼の首に巻かれた飾り気のない黒革のチョーカーが、私の目に止まります。ギル様が装飾品を身につけているのは珍しいですが、西領のお店で購入したものなのかもしれません。

ギル様とはソファで向かい合って、たわいない話をしました。

あの件について問い詰められたらどうしよう、どんな言い訳を並べようと戦々恐々としていましたが、ギル様がその話題を口にすることはありませんでした。そのおかげで自分でも現金だと思うのですが、私は少しずついつもの調子を取り戻していきました。

外は曇り空でしたが、久々にギル様と過ごす時間はとてつもなく楽しいものです。

お喋りしながら、何枚もの紙を使いました。途中でインク壺が空になりました。文字を書かなくても、ギル様が私の心情を読み取ってくださることもありました。

何度目かのお茶のお代わりを、エイミーが給仕してくれたあとです。

会話の隙間で、ギル様が呟かれます。

「それにしてもメロディ、か。……いい名前だな」

「?」

「君に、よく似合っていると思う。こんなにもお喋りだから」

お喋り？　……私が、ですか？

「ああ。君の表情や仕草は、何よりも雄弁だから」

しばらく硬直してしまったのは、そんなふうに言われたのが初めてだったからです。

だって自分でも、おかしな名前だと思っていたのです。もしかしたら、両親からの皮肉かもしれないとも。だって喋ることができないのに、音を意味する名前を与えられるだなんて、皮肉以外の何物でもありません。

……でも。

いつのことだったでしょう。お母様が、私の名前の由来を教えてくれたことがありました。

『あなたはね。赤ちゃんの頃から、鈴を転がすような素敵な声の持ち主だったの。だから二人で相談して、メロディって名づけたのよ』

私の頭を撫でながら、笑うお母様。傍には、優しく微笑むお父様もいらして……。

おかしい、とすぐに思います。そんな出来事は、今まで一度もなかったはず。

私はお父様に会ったことがありません。お母様に頭を撫でられたこともありません。生まれつき声だって、持っていなかったはずなのに。

教えられてきた自分と、遠い思い出の中の自分が乖離しています。私の頬を冷や汗が伝っていきました。

この記憶、は、――なに？

「っっ！」

その瞬間、私は顔を顰めていました。

頭が、痛い……。ずきずきと割れるように痛む頭を両手で押さえます。

どうしてでしょう。たまの頭痛よりずっと痛くて、耐えられそうにありません。

そんな私を追い詰めるように、どこからか雷雨の音が聞こえてきます。空に稲光が走って。

あの日もざあざあと降りしきっていた雨音が迫って、私を呑み込んで――。

「メロディ」

その声は、幻聴の雨音に紛れることなく私の鼓膜を打ちます。

無視することなんて、できるはずもありません。歯を食いしばって顔を上げると、私のすぐ傍で……ギル様は、絨毯に膝をついていました。

私よりもずっと辛そうに、顔を歪めています。まるで、私が頭痛を起こすことを最初から知っていたようにも見えました。

私の手に、ギル様がそっと自身のそれを重ねます。

「今から俺がやることは、君を傷つけるかもしれない」

「……？」

言葉の意味が、私には分かりかねます。だってギル様にされていやなことなど、何一つとして思い浮かばないのです。

弱々しく、ギル様が微笑みます。

「それでも、俺を——信じてくれるか」

ギル様は紅の双眸に切実な光を宿して、私を見つめています。

まだ、彼が何をしようとしているのかは分かりません。

でも、そんな私でも知っていることがあります。ギル様は無闇に人を傷つけるようなことはしません。あなたの優しさに、今まで私は何度も救われてきたのですから。

私は考えた末に、確かに頷きました。

ギル様の唇が小さく動きます。私の目には、無声音で『ありがとう』と言ったように見えました。

ソファの背に手をやったギル様の美貌が、ゆっくりと近づいてきて――唇に、何か柔らかいものが押しあてられます。

キス、でした。

私は目を見開いたまま、硬直していました。

恋愛を題材としたお芝居や演劇の最後には、キスをするのがお決まりです。だから私も、いつか素敵な人とキスがしてみたいって、そんなふうにひっそり憧れていました。

結婚式のときも、本当はがっかりしていたのかもしれません。

だからギル様とキスしている今が、嘘みたいで、夢みたいで……うっとりと目を閉じかけた私の胸の中で、心臓がどくんッと大きく脈打ちます。

それは、自分の中で眠っていた何かが胎動したかのような――おぞましく、得体の知れない感触でした。

「――ッ⁉」

とっさに、私はギル様を突き飛ばそうとします。でも私を抱く腕の強さが、それを許してくれません。

繋がったままの唇を通して、ギル様の中に何かが流れ込んでいきます。まざまざとそれを感じ取ったとき、うっ、と小さくギル様が呻きました。

唇を離したギル様の上半身が、傾きます。どさり、と絨毯に倒れてしまう彼を、私は呆然と見下ろしました。

何が起こっているのか、すぐには理解できません。

「……っ」

私は転げるようにソファから下りると、横たわるギル様の胸に耳を当てます。目を閉じて耳を澄ませば、かすかに息があるのが分かります。どうやら眠っているようですが、安心なんてできませんでした。

ギル様の顔色は一気に青くなり、唇は紫色に染まっています。急に意識を失ったことからしても、穏やかな眠りと無縁の異常事態が起こっているのは明らかでした。

すぐに助けを呼ばなければ。スウェン様、エイミー、ジタ、誰でもいい。このままではギル様が……！

——刹那。

頭皮がぞわりと持ち上がるような、異様な寒気が走ります。何かの気配を感じて、私はぎこちなく視線をそちらに向けました。

空へと開かれたバルコニーに立っているのは、私のお母様でした。

三日月のような笑みを浮かべて、私とギル様のことを見ています。

え？　……お母、様？

どうして北領の片隅に住んでいるはずのお母様が、公爵城にいらっしゃるのでしょう。それに、どうやってバルコニーに？　この執務室は、お城の最上階にあるのに……。

戸惑う私に構わず、お母様はドレスを風にはためかせて平然と室内に入ってきます。

「よくやってくれた。偉かったね、メロディ」

「……？」

生まれて初めて、お母様に褒められました。

でも、嬉しさはありません。ただ私は呆然としていました。ひとつだけ分かるのは、私の想像では追いつかないような何かが進行しているということだけです。

「長かった。本当に長かった。アタシはこの日を、ずっと待ってたのさ」

クックックク、と喉の奥でお母様が不気味に笑います。おかしくておかしくて堪らない、というように。

「結婚式の日に呪いが発動しなかったときは、どうしたもんかと思ったよ。でも街に潜んで見張り続けた甲斐があった。まさか怪物公爵が心からお前を愛し、自らの意思で口づけるとはね。想定外ではあったが、あの方の思惑通りだ。あの方——すべての魔物を統べる魔王様が、おっしゃった通りさ」

「…………」

お母様は、何を言っているのでしょう。

いえ。目の前にいるのは、本当に私のお母様なのでしょうか？

私の背中に、ぞわっとした怖気が走ります。ここにいてはいけない。頭の中に、警鐘が鳴り響いたような気がしました。

ですが私の腕力では、眠るギル様を運ぶことはできません。せめてと、私は眠り続ける彼の頭を守るようにかき抱きました。

目の前で、まるで見せつけるようにお母様が変形し始めます。

人の皮膚を突き破って、その中から、もっと大きく――おぞましい何かが、這い出てきます。

私は震えながら、強くギル様を抱きしめます。そうしていなければ、目の前の光景に気がおかしくなってしまいそうだったのです。

お母様の変形が止まったとき。

そこに立っていたのは、物語で語られる異形そのものでした。

――魔物！

頭に生えた二本の角。背中に生えた蝙蝠のような翼に、鳥の足……。

一部の魔物が人に化けることができる、というのは有名な話です。ですが、実際にこうして目にするのは初めてのことでした。

私のお母様は、魔物だった？

何か、悪い夢を見ているのではないか。現実逃避しかける私を嘲るように、お母様は軋んだ笑い声を上げます。

『まだ分からないのかい？　お前はもともと喋ることができたんだよ。お前から声を奪ったのは、それを代償に唇に宿る呪いの効力を高めるためだった。口づけた者を、永遠に眠らせる呪い――十年以上の時間をかけて熟成されたそれが、無敵の怪物公爵さえ仕留めてみせたのさ』

そんなの、嘘です。

だってそんなの、そんなのは……。

『どんな罠を仕掛けても、怪物公爵にはいとも簡単に見抜かれてしまう。だからこそ、あの方は考えた。人間の子どもを攫い、育て、怪物公爵への殺意や邪念を持たない……自分が呪いを持つことすら知らない呪具を作るという手をね』

「――――」

魔物は甲高い声で笑いながら、自慢げに告げます。

……それでは、私のせいで。

私とキスをしたせいで、ギル様は呪われてしまった？

冷たくなっていくギル様を抱きかかえたまま、胸を渦巻くのは後悔の念でした。

だって、もしも私がすぐに公爵城を去っていれば、こんなことにはならなかったはずです。

ギル様はこんな目に遭わずに済んでいたのです。

いいえ。違う。そもそも。

――私が生まれさえしなければ。

「メロディ」

「ッ」

驚きのあまり、息が止まります。

私がその声を、聞き間違えるはずがありません。それでもなかなか、信じられませんでした。

だって彼は、呪いを受けたばかりで。抜けだせない眠りについてしまったばかりの、はずで。

「違うよ。それだけは、違う。……だからそんなふうに自分を、否定しないでくれ」

それなのに優しい声が囁くのを聞けば、視線を動かさずにはいられませんでした。

私の両目に、一気に涙が盛り上がります。

ああ――。

「すまない。意識を戻すのに、思ったより時間がかかった」

ギル様は軽く息を吐いてから、ゆっくりと身体を起こして立ち上がります。

そこにいるのは、いつも通りのギル様でした。凛々しくて、力強くて、誰よりも美しいギル様が、何事もなかったように笑いかけてくれます。

差しだされた手を握り、私も遅れて立ち上がります。ひどく混乱していましたが、より動揺が激しいのは私ではなく魔物のほうでした。激しい歯軋りをしながら、耳障りな声で叫びます。

『怪物公爵。なぜだ。なぜ永遠の眠りから目覚めた！　いったいどうやって――！』

「お前たち魔物も、それなりに悪知恵が働くようだ」

ギル様は冷笑を浮かべ、魔物に向き合います。

「だが、人間はもっと知恵が回る。メロディの唇に呪術的な仕掛けが施されているのには、少し前から気づいていた」

『……なんだと……？』

ギル様のお言葉は、私にとっても思いがけないものでした。私本人ですら気づかなかった呪術を、どうやってギル様は見抜かれていたのでしょう。

「最初は、メロディの失声症は心因的な理由によるものだと思ったが、それにしては彼女の心の中は朗らかだった。となると、考えられる可能性は呪術しかない。身体的な代償を支払って呪いの効果を高めるという手法は、よく使われているからな。メロディは、自覚していないところで何者かから呪術を施されているのではないか……そう考えた」

種明かしする口調は、歌うように軽やかです。

「何者か、の正体は明白だ。メロディを虐げ続けた母親気取りの女に決まっている。オスティン家に人をやったが、屋敷はもぬけの殻だった。だが地下からは、十数人分の人骨が出てきた。……あれはオスティン男爵夫妻と、使用人たち。それにお前が攫ってきた人間だな」

痛ましげに呟くギル様からは、彼らを救えなかった悔恨が伝わってきます。

一部の魔物は喰った人間に化けることができるといいます。茶髪が美しいあの男爵夫人は、十年以上も前に魔物に喰われてしまっていたのです。

それにお母様が夜になるたび私を馬小屋に追いやっていたのは、私を嫌っていたからだけじゃない。きっと繰り返し人を殺している証拠を、私に見られないためでもあったのです。

「お前が根城を離れた理由はひとつしかない。呪い発動の瞬間に立ち会い、抵抗できない俺の息の根を止めるためだろう。つまり、仕掛けられた呪いは必殺のものではないということだ。そこで俺は、わざと公爵城の守りを手薄にさせた。お前が不自然に思わない程度に警備の人員を少しずつ減らし、今日このとき、のこのこ飛び込んでくるのを待っていたというわけだ」

私は、ひたすら圧倒されていました。

ギルバート・クラディウス様――彼は魔物の企みを、すべて看破していたのです。

キスの前に私に謝ったのは、呪いが発動すればどのような形であれ私を傷つけると分かっていたから。それでも決行せざるを得なかったのは、釣られて出てきた魔物を捕らえるためだったのです。

でも、それなら……。

『だが、呪いは確かに発動したはずだ。お前が自力で打ち破れるはずがない！』

魔物もまた、同じ疑問を持ったようです。この問いに、ギル様はにやりと笑って答えます。

「西の魔女の名は、お前も知っているだろう」

『……まさか』

西の魔女。西領を治める、高貴なる血を引く四大公爵の家門――イグリッド。

「イグリッド家は呪術の専門家だからな。こういう事態にこそ真価を発揮する。弱味を握っている俺にはそれなりの融通を利かせてくれるんだ。まぁ、高くつきはしたが」

くすり、とギル様が皮肉を込めて笑います。

「メロディの封じられた声のこと。お前がメロディを俺の花嫁として送り込んだこと。十年以上の年月をかけて育った呪いでも、そこまで把握できていれば対処方法はいくらでもあるそうでな。魔女からはこの魔法具を渡された」

ギル様の首元のチョーカーは、指先でつつくように触れると黒い灰となって崩れ落ちていきます。

昼に近い位置を守っていた魔法具。そのおかげで、ギル様は永遠の眠りに囚われなかったのです。この二週間、ギル様が西領にお出かけされていたのも、密かにイグリッド家の当主に会うためだったのでしょう。

それまで魔物を圧倒するように言葉を紡いでいたギル様が、私に向けて神妙な口調で言われます。

「メロディ。君は幼い頃、魔物によって拉致された。おそらくそのときのショックで、記憶を失ってしまった。目の前の知らない女を、母親だと思い込むことで……壊れそうな自分の心を、必死に守ろうとしたんだ」

「……！」

「君には、メロディと名づけてくれた本当の両親がいる。その人たちが、君を馬車に乗せた。テーブルマナーを教えた。君は、それを——憶えているはずだ」

ギル様の手が、ゆっくりと私の頬を撫でます。

その手の感触が、本来は手の届かない場所に仕舞われた記憶を刺激します。

……そうです。

私のお母様は、私と同じ水色の髪を持っていて——お父様は、金の髪をしていて。二人とも朗らかで、温かな人たちでした。

〝メロディ〟という名前をくれた二人のことが、私は大好きでした。いつまでも二人と一緒にいたかった。当たり前のように笑い合っていたかった。

でも、あのひどい雷雨の日……幸せは、脆くも崩れ去りました。

私たちは家族で馬車に乗り、確か遠出をしていたのだと思います。その帰りに雨に降られて、馬の足がぬかるみに取られてしまいました。

父は御者を手伝おうと、馬車を降ります。

そのとき、雷鳴と共に襲いかかってきたのが魔物の爪でした。

父は背を貫かれて泥の中に倒れます。母は私を守ろうとしましたが、肩を引き裂かれます。

御者が木の棒を振って魔物を追い払おうとしますが、届くはずがありません。

『この珍しい髪を持つ子どもはもらっていくよ。きっと怪物公爵の目に止まるだろうからね』

人間を真似る動物のような異様な声が聞こえたかと思えば、鳥に似た足で胴を掴まれて、私は宙に浮き上がります。私は泣き叫び、地上に倒れる二人に向かって手を伸ばします。

甦った記憶は――そこでぷつりと、途切れていました。

自然と、頬を涙が伝っていきます。

私にとって雷は、大切な家族と引き離される象徴だったのです。だからあんなにも恐ろしくて、仕方なかったのです。

涙を拭う私を背後に庇うと、ギル様は鞘から抜き放った剣を中段で構えます。それは訓練場で見せていただいた、魔物を加工して作られた名剣でした。

「さて、魔物よ。この通り、お前たちの天敵――怪物公爵は万全だ。守るべき人と共にいて、負ける道理もない。お前ひとりでは、俺には……」

ギル様の言葉を最後まで待たずに、それまで黙していた魔物は背の両翼を大きく広げます。

さっと身を翻し、今にもバルコニーから飛び立とうとする魔物に、ギル様は淡々と声をかけました。

「ほう。逃げるのか」

羽ばたこうとした翼が、わずかに震えます。ギル様はその背中に冷笑を浴びせかけました。

「魔王とやらが諸手を挙げてお前を出迎えるとでも？　十年以上もの年月をかけたにも拘わら

ず作戦の遂行に失敗した、惨めな敗北者を許すとでも思っているのか？」

『うるさい……うるさいッ！』

挑発に乗せられるまま、激昂して振り返ろうとした魔物。

その右翼を、空から注がれた一筋の線が貫いたように見えた直後――魔物はギャアッ、と耳をつんざくような悲鳴を上げていました。

「さすがスウェン。真上からでも正確に射貫いてみせるか」

ギル様がふっと笑みをこぼします。弓の名手であるスウェン様が、お城の屋根の上から矢を射かけたようです。

右翼が傷ついては、大きな身体を持ち上げて空を飛ぶことは叶わないのでしょう。追撃を避けるために、魔物が慌てて室内に戻ります。

「ここは紛うことなき敵陣だぞ。俺ひとりに気を取られてどうする」

『卑怯者め！』

「罪のないメロディを誘拐して虐げてきた貴様に、卑怯者呼ばわりされる謂れはないな」

『――怪物公爵ウゥッ！』

魔物が飛び掛かってくるのを読み、ギル様は一気に前に出て距離を詰めます。

鉄よりも硬い魔物の腕と、魔物を加工して作られた漆黒の剣がぶつかり合います。

激しく火花が散り、剣戟の音が響きます。私は戦いの素人ですから、詳しいことは分かりません。ですが切り結ぶたび、ギル様が相手を圧倒しているのが分かります。

まるで舞っているように美しく。それでいて、一切の隙のない攻撃でした。

『グッ、クゥッ……！　なんだ、この剣は！　まるで――』

「お前の同胞で作った剣だ。どうだ、よくできているか？」

剣が重く振り下ろされるたびに、魔物は応戦するのに手一杯になっています。

そのときでした。ひらりと音もなくバルコニーの手すりに着地したのは、スウェン様です。

あっ、と私が驚く間もなく、スウェン様が弓に番えた矢を放ちます。その矢の先端が――魔物の左翼へと、深々と突き刺さりました。

『ギャアアッ！』

魔物が喉から迸るような絶叫を上げます。一瞬の隙を、ギル様は見逃しませんでした。

痺れたように動きを止めた魔物の右腕を、ギル様は容赦なく横に薙ぎ払います。切り落とされた腕が壁にぶつかり、額縁ごと床に落ちました。

ギル様が振り向かないまま、おっしゃいます。

「メロディ。もう、目を閉じておいたほうがいい」

気遣いに満ちたお言葉に、私はふるふると首を横に振りました。

だって私は――この国最強の守護者であるギルバート・クラディウス様の妻なのです。

夫と同じものを見据えて、同じ景色を見続ける。それが妻の務めであり……これからの私の願いでもあるから。

そんな思いを胸に背中を見つめれば、ギル様が頷きを返してくださいます。

弱って膝をついている魔物。最後の抵抗のように持ち上げられた左腕を、ギル様は斬り捨てます。

そして魔物の胸に、剣の切っ先を突き立てました。

『イギャアアアアッ！』

すさまじい断末魔の悲鳴にも怯まず、ぐ、と強く押し込み続け……やがて、剣の柄から手を離します。

絶命した魔物は、力なく仰向けに倒れました。

剣を抜かなかったのにはこれ以上、服や部屋を汚さないようにとか、いろいろな理由があると思いますが……きっと噴きだす血や、噎せ返るような血のにおいで、私を怯えさせないためでもあったのでしょう。

やっぱり、ギル様は優しい方です。誰よりも優しくて、強くて、かっこいい方です。

私に背中を向けたまま、ギル様が口を開かれます。

「メロディ。今まで君に、隠していたことがある」

「……？」

「俺は、人の心が読めるんだ」

「………」

「目の前にいれば。どんなに相手が隠そうとしても、心の奥底まで正確に読み取れる。だから、いつも俺は一方的に……君の心を読んでいた」

ああ。だから。だから、ギル様はいつも。

「軽蔑、するだろう。最低な男だと」

私は、自分の心と向き合います。

こうしている今も、底の底まで見透かされているだろう心の中。そこを隅から隅まで探し回って、ギル様への想いを確かめます。

答えは、すぐに出ました。

「――ギル、様」

頑なに背を向けていたギル様が、堪えきれなかったように振り返ります。

目を見開かれたギル様の、赤い瞳の中で……私もまた、似たような顔をしていました。

「メロディ、声が……戻ったのか」

ギル様が惚けたように呟きます。私の唇は、十数年ぶりに言葉を発していました。

考えてみれば、道理ではありました。私の中に溜め込まれていた呪いは、今やすべてが解かれたのです。

でも記憶にすら残っていない、弱々しく掠れた声は自分のものではないようでした。強烈な違和感を覚えますが、今はそんなことに構っている場合ではありません。

だって目の前の優しい方が、私の答えを待っているのですから。

「ギル、様………」

幼い頃は両親によって離れに閉じ込められたのだと、ギル様は言っていました。

どうして、彼がそんな目に遭わされたのか。ようやく、私にはその答えが分かりました。

――彼が、人の心を読むことができるから。言葉の裏に隠された本音までも、読み取ってしまうから。

だけど分かったところで、到底納得することはできません。

ご先祖様から受け継がれた特別な力。ギル様はそれを、一度たりとも私利私欲のために振りかざしたりはしなかった。ただひたすら一途に、人々を守り続けてきたのです。

きっと、知りたくない言葉がたくさん頭の中に流れ込んできたはずです。知らないままでいたかった残酷な真実だって、あったのかもしれません。

それなのに、どうして彼の両親はそんな簡単なことすら分からなかったのでしょう。せめて本気で、本心で、ギル様に向き合ってくれなかったのでしょう。

私は、それがどうしても許せません。

ですから、私が言いたいことはたったひとつです。

「つら、くは……なかった、ですか？」

返ってきたのは、くしゃっと紙を丸めたような泣き笑いでした。

「君というやつは……。最初に言うことが、それか？」

ギル様の笑顔があんまり温かくて、一度は止まっていた涙が再び込み上げてしまいます。

彼の背後には窓越しの青空が広がっています。いつの間に、こんなに晴れたのでしょう。まぶしさに目を細める私の目から、一筋の涙がこぼれ落ちました。

「はい。……だっ、て」

取り戻したばかりの言葉は、うまく発音するのも難しくて。

じんじんと熱を発するように痛む喉をさすりながら、私の声も、心も、同じ言葉を訴えます。

「声に、ならない、のに……いつも、私の声を。聴いていてくれて、ありが、とう」

「……ッ」

「ギル様、ありが、とう……」

ぜえぜえと肩で息をしながら、私は言の葉を紡ぎました。

それはもしかすると、心の声よりもずっと不格好で、聞き取りづらい言葉だったかもしれません。だけどギル様は、確かに微笑んでくれました。

「それは、俺の台詞だ」

駆け寄って抱きつくと、受け止めたギル様はどこか困ったような声でおっしゃいます。

「君まで汚れるぞ」

「構い、ません」

そんなことより今の私には、もっと大切なことがありました。

少し顔を離して見回すと、執務室にスウェン様のお姿はありません。入ってきたバルコニーから、再び出ていかれたのでしょうか。

「スウェンなら、数分前に下の階に飛び降りていた。あいつもあれで多少は気が利くんだ」

余裕のない私はそれに返事もできないまま、おずおずと切りだしていました。

「……ギル様。お願いが、あります」

「なんだ？」

「もういちど、キス……したい、です」

だって、どうしても不安でした。

私の声が戻ったということは、魔物にかけられた呪いは解けたはずです。でも、もし少しでも影響力が残っているなら――私は、二度とギル様とキスができないということになります。けれど、それを試すことすら危険を伴うのです。断られても仕方がないと覚悟していましたが、ギル様は屈託なく笑ってくれました。

「ああ。しよう」

そんな反応に、逆に呆気に取られてしまいます。唖然としている間に力強い腕が腰を引き寄せたものですから、慌てて確認しました。

「……魔法具、まだありますか?」

ギル様が身につけていたチョーカーは、すでに壊れてしまっています。

「ないよ。でも、そんなものいらないな」

上目遣いで見上げると、ギル様が私の頬に手を添えます。

「俺も、君とキスのできない人生なんてお断りだから」

私たちは、ただ唇を重ねます。

お互いの存在を確かめるために。もっと深く、繋がるために。

エピローグ　ゆっくりと、歩くように

公爵城一階の図書室で、私は本を読んでいました。

読んでいるのは、北部の地理に関する解説書です。授業でも習っているところなので、復習を兼ねてページを捲ります。

集中して、本を半分ほど読み進めたときです。ふと、窓の外が暗くなったのに気づいて文字の山から顔を上げると、小雨が降っていました。

朝から頭上に垂れ込めていた分厚い雲が、雨を連れてきたのでしょう。私は読みかけの本をぱたんと閉じて、本棚へと戻しました。

よく磨かれた冷たい窓に指を置き、濡れていく外の景色をぼんやりと眺めてみます。

しばらくそうしていると、入り口からノックの音がします。エイミーかと思いきや、図書室に入ってこられたのはギル様でした。

「メロディ、大丈夫か」

どうやら雨が降りだしたのに気づいて、私を捜してくれたようです。心配性な彼に、私は微笑みを返します。

「はい。……今は雨も雷も、怖くありませんから」

かつて、私にとって恐ろしい出来事の象徴でしかなかったものたち。
でも、その意味は大きく変わっていました。あの夜、ギル様が優しく抱きしめてくれたか
ら――それに雷雨の日、両親が私を命がけで守ろうとしてくれたのを思いだしたから。私は雨
音を聞きながらも、穏やかな心持ちでいられました。
そんな私の隣にギル様が立ちます。
彼はカーテンを引くなり、じっと私を見つめてきました。
「メロディ」
高い位置から見下ろされた私は、あっと気づきます。
これは……あれです。最近見慣れてきた、キスがしたくてうずうずしている顔、です。
私の唇にかけられた呪いは無事に解けていることが分かりましたが、最初はまだ効力が残っ
ているかもと不安になったりもしました。でも数えきれないくらい唇を重ねた今となっては、
別の心配をしています。
私たちは二人して、もっとキスがしたくなる呪いにかかってしまったのかもしれません。
だって……顔を合わせるたびに、飽きることなくキスしているのですから。
「はい、ギル様」
準備万端です、というように向き合う私ですが、ギル様はなぜか動いてくれません。変わら
ず私のことを見つめるばかりです。

私とギル様にはかなりの身長差があります。キスのときは、ギル様が屈んでくれるのがいつものパターンなのですが……。

「え、えっと」

こ、この場合はどうしたらいいのでしょう。私は一生懸命につま先立ちをするのですが、それくらいじゃギル様のお顔にはまったく届きません。

ううん。靴を脱いで、椅子の上に立てばどうにか届くやも？

なんて考えていたときです。

「きゃっ」

私の身体が、ふわりと浮き上がります。

何かと思えば、向かい合った形でギル様に抱っこされていました。一気に見える景色が高くなります。ギル様の手が腰を支えているので、怖くはありませんでしたが。

「ギ、ギル様？」

「すまない。がんばっている君がかわいくて、つい」

そう明かす口元は、にやにやしています。

「……たまには私も怒りますからね？」

「歓迎する。君は怒った顔も愛らしい」

まったくもう、ああ言えばこう言うギル様ですこと。

私を抱えたままギル様は席に着きます。それから、膝に乗せた私をまじまじと見つめました。

「少しだけ、背が伸びたか。それに肥えたな」

「……ギル様。言い方」

スウェン様を真似て、私はギル様をじろりと睨みます。ついでに軽く頬をつねってみても、嬉しそうにするのですから困りものです。

端整な顔が近づいてきて、私の唇にギル様のそれが触れます。

ちゅっ、と触れるだけのキスが何度も繰り返されます。私はそっと目を閉じて、よく知っている唇の感触を受け入れました。

「今朝は林檎を食べたのか？」

ギル様の吐息が口元を掠めれば、私の身体は小さく震えてしまいます。

「……いいえ。どうして？」

「甘い蜜の味がするから」

「……もうっ」

ギル様は、だんだんお口まで上手になっている気がします。そもそも今朝だって食事をご一緒したのですから、私が食後に林檎を食べていないのは知っているのに。

「メロディ、もっと」

「は、はいっ」

キスは止まらず、ギル様はときどきぎゅっと閉じた私の唇をなぞるようにしたり、下唇をやわやわと食んだりします。

でも、今日はそれだけじゃなくて――。

「ん、ふぅ……っ？」

蕩けるように熱い――舌先が、私の上唇を優しく舐めます。

反応してぴくんっ、と腰が跳ねてしまい、逆上せたように顔が赤くなるのが自分でも分かりました。

堪らず目を開ければ、お互いの睫毛が触れ合うような距離で目が合います。

恥ずかしくて逃げようとすると、ギル様の大きな手が私の腰に食い込みます。ギル様は角度を変えて、私を呑み込むみたいに激しいキスをします。獲物を逃がさない、というみたいに。強い独占欲を露わにするみたいに。

「ん。んんんっ……」

言葉にするのは難しいのですが、こういうときのギル様のキスはねっとりとしていて……すごく、淫らな感じがします。

背筋をぞくぞくさせる感覚はどこにも逃げていかず、身を焦がすほどの強烈な熱だけが、いつまでも私の中で膨張し続けます。

も、もう、だ、だめ――。

「……ぷはっ」

長いキスを終えて、頬を上気させた私は肩で息をします。

「メロディ。また、息を止めていたのか」

私が呼吸を止めているのに気づいて、ギル様はキスをやめてくれたようです。それなら、もうちょっと早くやめてほしかったような……。

深いキスをするときは鼻でちゃんと呼吸する、とギル様からは教わりました。その練習も時間をかけて、何度もしてくださいました。だけど忘れてしまうこともしばしばです。

「す、すみません……」

しゅんとする私に、ギル様が眉尻を下げて微笑みます。

「俺こそ、ごめん。君がかわいすぎて我慢が利かなくなった」

「ギル様……」

ときめいてしまうのは、私が単純だからでしょうか。

「……ではなくて。また約束を破られましたよね？　キスのときは、しっかり目を閉じる約束だったはずです」

「そうだったか？」

「ギル様っ」

とぼけるギル様の胸板を、私は軽くぽかっと叩きます。

「メロディ。それは酷な話だ。キスに夢中になって気持ち良さそうにしている君に、俺は存分に浸りたいだけなのに」

「っ⁉」

衝撃的な発言に理解が追いつかず、私は口を力なく開け閉めしました。

すると陸に上がった魚のようになった私を見つめて、ギル様が愁眉を寄せられます。

「だが、あれだ。……確かに、ねちっこかったな」

「ね、ねちっっ！」

私は卒倒しそうになりました。

そうでした。忘れてしまいがちですが――ギル様は、私の心の声を聞くことができるのです！

本来、心の中は誰にも覗かれないものです。それをいいことに、私はすっかり油断していました。口づけを品評するような真似をして、さぞご不快だったことでしょう。

「いや、そんなことはないが」

ま、また心を読み取っておられます。とんでもない精度です。どうしましょう。考えれば考えるほど墓穴を掘っている気がします。他にも知られてはいけないことがあるのに……！

無心です。無心になるのですよ、メロディ。そして無の境地で、これ以上何かを考えてしまう前に、早急にここを離れましょうっ。

そう自分に言い聞かせて、ギル様の膝から下りようとします。でも彼の腕は、私の腰にしっかりと回されたままでした。

「ギ、ギル様。離してください」

「いやだ」

今日のギル様は、とんでもなく意地悪です。私は焦りながら懇願します。

「離してくださいっ。だってこのままではっ、私……」

「俺に見られるのは、いやか？」

「……っ」

ギル様は、ずるいと思います。そんなふうに不安げに見つめられて、首を横に振れるはずがないのですから。

「いやじゃ、ありません。でもギル様は私の本音を知ったら、きっと呆れてしまいます」

「君はまだ、俺に愛されている自覚が足りないようだ」

私の水色の髪に、ギル様の指先が触れます。くすぐったい感触に、私は目を細めます。

「今まで、俺の異能は悪しきものだと思っていた。人が必死に隠そうとする本心を勝手に探って、土足で踏み込む力だからな。でも――今は、違う。君が俺を想ってくれるたびに、満たされる。心の中で俺の名を呼んでくれるたびに、愛されている実感を得る。君が俺以外の人間のことを考えるだけで、嫉妬にくるいそうになる」

切実な光を宿した双眸が、私をまっすぐ射貫きます。

「君のことで知らないことが、ひとつもあってほしくないんだ。こんな狭量で、独占欲と執着心にまみれた夫など、世界中を探しても他に見つからないだろうが」

「……ギル様……」

「……だから。ぜんぶ、俺に見せてくれないか」

その言葉を合図にするように、自分の中に感情が溢れかえっていきます。

私……。本当は近頃、ずっと不安に思っていたのです。ギル様は、キスがびっくりするくらいお上手だから。

鈍い私でも、その理由にはすぐに思い至りました。九人の花嫁候補でなくとも、他の方とは今までいろいろなお付き合いがあったのでしょう。こんなにかっこいい方なのですから、当たり前です。

それだけではなく西の魔女さんという方とも、もしかすると――。

「それは違う」

不安に押しつぶされそうになる私に、ギル様がきっぱりと断言されます。

「城にやって来た令嬢たちとはほとんど会話もしなかったし、西の魔女はもっとあり得ん。絶対にあり得ん」

「……ほんとう、に?」

「ああ。俺がキスをしたのも、したいと思ったのも、メロディが初めてで、唯一だ。……君はどうだ？」

答えなんて、聞かなくても知っているくせに。

私は期待するように見つめてくるギル様に向けて、唇を懸命に動かします。

「……一緒、です。私がキスをしたのも、したいのも、ギル様だけです」

言い終えたところで恥ずかしさでいっぱいになって、ギル様の肩に頭をぐりぐり押しつけます。前髪がぐちゃぐちゃに乱れますが、今はそんなことに構っていられません。

くすくす笑ったギル様が、やおら顎に手を当てられます。

「だが――メロディがそう言うなら、俺は生まれつきキスがうまい人間なのかもしれない」

ギル様は、大真面目な顔でたまに奇天烈なことをおっしゃいます。

「君に出逢ったとき満足させられるように。またキスしたいと思ってもらえるように。神が与えてくれた、本当の異能なのかもしれないな」

「ギ、ギル様……っ」

聞いているだけで、顔から火が出そうになりました。

そんな私に顔を近づけてきたギル様が、耳たぶをふにふにと指先で弄んできます。それで真っ赤になっていたのは頬だけではないらしいと、私は遅れて気がつきました。

「俺の心の中も、君が覗いてくれたらいいのに」

本気でそれを望むかのように、ギル様が熱のある声音でおっしゃいます。

「そうすれば、ぜんぶ――余すことなく、伝わるだろう？　俺がどれだけ君を愛しているか。君だけを、欲しているか」

「い、今のままでも、それはじゅうぶん伝わっておりますからっ」

そう上擦った声で返す私ですが、そこでいったん冷静になります。

よくよく考えると、ギル様が私の心を読めるということは、ギル様を大好きだと思ったり、ギル様相手に破廉恥な妄想を抱いたりしたら、すべて伝わってしまうということでは！

こ、これからどうすればいいのでしょう。やっぱり私に必要なのは、無心の境地？

「君も、俺相手にいやらしいことを考えたりするのか？」

わ、わわっ。だ、だめです。それ以上はっ。

私は興味津々なご様子のギル様の集中力を奪うために、慌てて顔を近づけます。

「んっ」

「！」

ちょっと触れて、離れてしまうだけの軽いキス――を、額にします。

今の私にはこれが限界です。その証拠に、ますます顔が火照ってしまいました。慣れないことは、するものではありません。

「メロディ。君はかわいさで、俺を殺すつもりなのか？」

私が口づけしたばかりの額に軽く触れながら、頬を赤くしたギル様が唇を尖らせます。いえ、そんな不敬を働いたつもりは毛頭ございませんがっ。

「それと――今のうちに覚悟しておいてくれ。俺は、キス以外もねちっこいと思うから」

耳元で内緒話のようにひそひそ囁かれれば、私は口をぱくぱくしてしまいます。

「キス以外、というのは……ぐ、具体的にどのような？」

「今夜にでも、確かめてみるか？」

思わず私は跳び上がります。

いつだってギル様は大胆不敵で、性急なのです。それを忘れては痛い目に遭います。

でもそこで彼はいったん言葉を切り、真剣な口調で言いました。

「でも――それより先に、結婚式をやり直そう」

「えっ……？」

「時間をかけて用意して、きちんとやり直させてほしい。……どうかな」

そう提案してこちらの顔色を窺うギル様は、どこか不安そうでした。きっと何日も、何十日もかけて考えてくださったことなのでしょう。

もちろん、私の答えは決まっています。それこそ迷う余地はありませんでした。

「したいです、ギル様。私も、もういちど……あなたと結婚式がしたいです」

きっと、素敵な式になる。なんの根拠もないのに、そんなふうに思いました。

だって初めて出逢って、視線のすべてを奪われたあの日よりも——今の私は、もっとギル様のことが大好きになっているのですから。

「……ありがとう。メロディ」

「こちらこそ、ありがとうございます」

几帳面にお礼を言い合ってから、笑みを交わします。

そのとき、雨音の合間から車輪の音が聞こえました。気になった私は、ようやくギル様の膝の上から下ります。

カーテンを開けると、見慣れない馬車が止まっているのが遠目に見えます。どなたかお客様でしょうか。

「到着されたようだな」

後ろに立ったギル様が、穏やかな声でおっしゃいます。

「君に会わせたい人がいるんだ。時間はかかってしまったが、見つけることができた」

そこにはスウェン様に案内されて、馬車から降り立つ男女の姿がありました。

頭上に傘を差す前に、確かに見えました。女性は、雨のような水色の髪をしています。それは、私が持つ色とまったく同じ色で——。

「……っ」

その意味に気づいた瞬間、私の喉奥から耐えきれずに嗚咽が漏れます。

そんな私の肩を、ギル様はそっと引き寄せて支えてくれました。

「隣国に住む、君の本当の両親だ。以前、この北領に隣国の劇団がやって来たとき、その中に水色の髪をした見事な歌い手がいたのを思いだして……」

ギル様の静かな声が、雨音と共に私の耳朶を打ちます。

「魔物に娘を攫われてからも、各地を巡って懸命に捜し続けていたそうだ。君の名前が分かっていたおかげで、こうして見つけられた」

次から次へと込み上げてくる涙を押さえるように、私は自分の目元に触れます。

泣くにはきっとまだ早いです。だってまだ、私は二人と話してもいないのですから。

涙の気配ごと拭った私は、ギル様に微笑みかけます。

「ギル様。一緒に、会いに行ってくれますか」

「……俺も、か？」

予想だにしなかった、というようにぽかんとするギル様に、もう、と私は呆れます。

だってあなたは私の夫で、私はあなたの妻なのです。大切な人に挨拶するときは、夫婦揃ってがいいに決まっています。

「はい。私の自慢の旦那様を、お母様とお父様にご紹介したいのです」

お母様たちと暮らしていたのは、十年以上も前のことです。

会ってすぐには、お互いの距離は縮まらないかもしれません。気まずくて、会話が弾まないかもしれません。もしかしたら私のことを本物の娘だと、認めてくれないかもしれません。

それでも、私たちにはたくさんの時間があります。お互いのことを分かり合うために、ギル様が用意してくださった――かけがえのない時間が。

ギル様は少しだけ躊躇ってから、照れくさそうに頷いてくださいました。

「行こうか、メロディ」

「……はいっ！」

差しだされたギル様の腕に、私は手を添えます。

そうして一筋の光を辿るように、二人でゆっくりと歩きだしました。

END

あとがき

初めまして、榛名丼と申します。

この度は『売り飛ばされた孤独な令嬢は、怪物公爵に愛されて幸せになる』をお手に取っていただき、ありがとうございます。作者は略して「売り飛ば」と呼んでいます。

「シンデレラストーリー」という王道ド真ん中のお題をいただき、しかも記念すべき著者横断シリーズの第一弾ということでしたから、しっかり王道でありつつ定石を外したところもある、まったく新しい物語を提供できたらいいな……というところから想像を膨らませていきました。

強い能力は主人公側が持っているというのが多くの物語におけるセオリーですが、本作の主人公であるメロディはなんの力も持っていません。前世の秘密や隠された能力もありません（秘密はありますが）。

それに対し、ヒーローであるギルバートは相手の心の声を読むことができます。本作の地の文はメロディの心の声そのものとなりますので、異能によって優位に立っているはずのギルバートがまっすぐなメロディに追い詰められていくところを、一緒に体験してにやにやできるような、幸せな気持ちになれるような、そんな読み心地のお話を目指しました。

孤独を抱えているメロディとギルバートは少しずつ近づいていき、惹かれ合っていきます。

そんな二人やスウェン、エイミーたちを読者の皆様に好きになっていただけていたら大成功だと思います。ＳＮＳなどで感想を頂戴できたらとても嬉しいので、よろしければぜひ！

謝辞になります。

イラストレーターの白谷ゆう先生。最初に表紙イラストを拝見したとき、思わず感嘆のため息が漏れました。冷たい美貌ながら腕の中の妻への執着がしっかり感じられるギルバート、儚さと芯の強さが同居している可憐なメロディに惚れ惚れしております。本当にありがとうございます！

担当様、デザイナー様、編集部の皆様、本作の出版に携わってくださったすべての皆様、そして読者の皆様にも心からの感謝を申し上げます。皆様のおかげで素敵な一冊になりました。

二〇二四年八月　榛《は》名《る》井《など》

売り飛ばされた孤独な令嬢は、怪物公爵に愛されて幸せになる
【極上シンデレラシリーズ】

2024年10月5日　初版第１刷発行

著　者　榛名丼

発行人　菊地修一

発行所　スターツ出版株式会社

〒104-0031　東京都中央区京橋1-3-1　八重洲口大栄ビル７F
TEL　03-6202-0386（出版マーケティンググループ）
TEL　050-5538-5679（書店様向けご注文専用ダイヤル）
URL　https://starts-pub.jp/

印刷所　大日本印刷株式会社

ISBN　978-4-8137-9371-7　C0093　Printed in Japan

［榛名丼先生へのファンレター宛先］
〒104-0031　東京都中央区京橋1-3-1　八重洲口大栄ビル７F
スターツ出版（株）　書籍編集部気付　榛名丼先生

引きこもり
令嬢は
皇妃になんて
なりたくない！
Hikiko-mori reijou ha kouhi ni nante naritakunai!
強面皇帝の溺愛が
駄々漏れで困ります
著・百門一新
イラスト・双葉はづき
強面皇帝の心の声は
溺愛が駄々洩れで…

定価：1430円（本体1300円＋税10％）　ISBN 978-4-8137-922